ONE FOR SORROW
TWO FOR JOY

飞翔的鸟
拒绝忧伤

〔英〕克莱夫·伍德尔 著　任溶溶 译

人民文学出版社
PEOPLE'S LITERATURE PUBLISHING HOUSE

著作权合同登记号：图字 01-2023-4000 号

Author：Clive Woodall
ONE FOR SORROW TWO FOR JOY
Copyright © Clive Woodall，2003
This Simplified edition arranged through Big Apple Agency，Inc.

图书在版编目(CIP)数据

飞翔的鸟拒绝忧伤 / （英）克莱夫·伍德尔著 ；任
溶溶译. -- 北京：人民文学出版社，2025. -- ISBN
978-7-02-019167-3

Ⅰ. I561.84

中国国家版本馆 CIP 数据核字第 20254HG720 号

责任编辑　李　娜　杨　芹
装帧设计　汪佳诗

出版发行　人民文学出版社
社　　址　北京市朝内大街 166 号
邮政编码　100705

印　　制　山东临沂新华印刷物流集团有限责任公司
经　　销　全国新华书店等

字　　数　158 千字
开　　本　890 毫米×1240 毫米　1/32
印　　张　10.375
版　　次　2005 年 5 月北京第 1 版
印　　次　2025 年 3 月第 1 次印刷

书　　号　978-7-02-019167-3
定　　价　59.00 元

如有印装质量问题，请与本社图书销售中心调换。电话：010 - 65233595

目 录

角色表

~~~~~~~~~~◆~~~~~~~~~~

叽哩克——旅鸫

斯莱金——喜鹊暴君

特拉斯卡——喜鹊阴谋家

安妮丝——鸸鹋

托马尔——猫头鹰会议的新一任"大猫头鹰"

塞里瓦尔——上一任"大猫头鹰"

达里尔——红鸢，鹰族的首领

伊西德里斯—— 白色猫头鹰（雪鸮）

埃丝特尔——天鹅

波尔蒂雅——叽哩克的伴侣

斯托恩——大金雕，大雕的首领

奥利弗——兔子

凯特琳——猫头鹰会议成员之一

克拉肯——海鸥，海鸟的首领

卡佳——喜鹊姑娘

复仇小子——卡佳的儿子

乔纳森——鼹鼠，凯特琳的朋友

米奇——红腹灰雀

奥莉维亚——叽哩克和波尔蒂雅的女儿

梅里昂——叽哩克和波尔蒂雅的儿子

多纳尔——冠鸦首领

芬巴尔——冠鸦

肖尼——冠鸦

雷卡德——狐狸

飞天舞——燕子

鸟 国 之 悲

第一章　密林脱险

叽哩克蹲在高高的椿树上，让浓密的叶子遮住自己，这样从外面就看不见他，比较安全。这是春天的一个明朗的早晨，他几乎忍不住要歌唱，来庆祝漫长的严冬终于过去。可是叽哩克知道，做这样的蠢事有多么危险。歌唱的日子早已过去。他要想活着，就得保持沉默。

叽哩克已经被追捕了好几个月。早先喜鹊们还没有这么穷凶极恶。他们天性懒惰，爱吃腐肉，总是不难找到吃的。可如今情况有点儿不同了。他们最近联合成网，大规模地拼命追捕旅鸫。他们就这样，残忍地要了叽哩克的妻子西琳的命。她被追得筋疲力尽，最后还是没能逃脱厄运。只是一转眼的工夫，她就变成了血淋淋的尸身。叽哩克亲眼看见了这场惨剧，心惊胆战，眼睁睁地看着她被扯碎，却一点儿办法也没有。

现在已经过去两个礼拜，叽哩克悲伤的心情稍微好了一些——旅鸫天生是快乐的鸟，可他永远也忘不了那些屠杀。据叽哩克所知，在鸟国，他是活着的最后一只旅鸫了。说实在的，被追捕的这几个月里，除了西琳，他还没见过另一只旅鸫，也没见过还有其他旅鸫生存的痕迹。如果他被杀掉，旅鸫这种鸟就真的灭绝了。和他们这种鸟有亲缘关系的麻雀、歌鸫、乌鸫——全都不见了，只留下了记忆。整个鸟国全由喜鹊统治着，唯他们独尊。

喜鹊的数量以惊人的速度迅速增加。他们在城市里取代了鸽子，在花园里取代了椋鸟，路旁不断堆积起鸟类的腐肉。叽哩克感觉到，有一种力量在指引这些喜鹊，唤起他们杀戮的欲望，使他们试图征服几乎所有的其他鸟类。

叽哩克躲在那里，一阵孤寂感袭来，这样的孤寂感让他有时间开始思索。和西琳在一起的时候，他只能一门心思地顾着求生。自从她死了，就算是被追逐得最紧张的时候，他也在一个劲儿地思索。他有一种强烈的预感：他没死，甚至活到现在，一定是有原因的。想到西琳死了，他孤零零地留下来，他突然有种使命感，驱使他一定要找到这场灾难的主谋。

偷偷摸和急急风这两只凶恶的大喜鹊跳过长满花草的

田野。他们拼命地巡视着，他们的眼睛对林带中的任何风吹草动都十分敏感。他们断定叽哩克的踪迹已经无处可寻，可是由于害怕遭到惩罚，他们还是持续守候在那里，抱着渺茫的希望，祈祷能把那只仅存的旅鸫找出来。他们知道，如果捉不到这只旅鸫，他们将会付出怎样的代价。他们见过被折断的翅膀、被啄出的眼珠……如果嘴上不带点儿血，他们根本不敢回去。所以他们一刻也不敢放松，继续紧张地巡逻着，监视着，时刻保持警惕。

叽哩克的神经紧张到了要绷断的程度。他已经一动不动地坐了好几个小时，饥渴得快要昏倒了。他的脚趾开始发麻、抽筋，翅膀变得酸痛。他很想张开翅膀拍动一下，舒展舒展筋骨。叽哩克知道，他很快就要继续前行，可是即使他再怎么拼命，恐怕也飞不快，结果仍难逃敌人的魔掌。也许他会成为下一个西琳。他抽筋抽得越来越厉害，简直受不了了。还是动动身体吧，虽然他根本不敢动。

忽然，田野里传来一声凄厉的尖叫。一只倒霉的兔子被捕兽器夹住，痛苦的惨叫声只是加速了不幸的降临，却救了叽哩克的命。因为那两只喜鹊扑向了落网的兔子，急着去享用到口的美餐。更重要的是，这下他们嘴上都带了血，可以回去交差了。可那只逃掉的旅鸫怎么办？也许他很快就会碰上另一只食肉动物。他只是孤零零的一只，无法繁衍后代，就算活下来又能怎么样呢？

叽哩克朝北飞去，就这样慢慢地、小心翼翼地飞了好几天。他越往前飞，地面上农村的生活条件越艰苦。树林消失了，变成了一片片高低起伏的牧场，不时地露出巨大的岩石。他注意到没有喜鹊追踪他，但这可能只是暂时的。喜鹊是极其恶毒、极其残忍的鸟，绝不可能放过他，让他就这样逃掉。

因此，叽哩克单独飞行时尽量隐蔽，避免同别的动物接触，免得行踪被发现。他也没有刻意选择北方作为逃走的方向，他只是觉得往北方飞可能安全。他一路飞一路想，他需要帮助，得找一个办法让他逃出这场噩梦。但是该怎么办呢？

如果叽哩克能预见未来，他可能会被吓坏。尽管这次飞行旅途艰险，但还只是一个前奏而已，他在幅员辽阔的鸟国，还要进行三次更加艰险的飞行呢。对于这样一只小东西，这任务实在太艰巨了，但要活下去，又非得这样做不可。

飞了几个小时以后，叽哩克觉得一定要先歇一会儿透透气。不久前，他看到一条小溪，亮闪闪的实在诱人，于是他飞了过去，想要找一个安全的地方降落。他小心地察看，确定这里没有其他动物，然后悄悄地降落在河边的一小丛山楂树上。他合上翅膀，舒舒服服地休息了一会儿。可是很快，他就忍不住了。他跳到河边，把闪亮的嘴伸到泛着涟漪的清澈溪水里，再仰起头，让凉水流进他的喉咙。

真是太惬意了！他心满意足地喝了几口水，这才下水洗澡。他用翅膀尖溅起水来，水珠在阳光下像钻石一样闪闪发光。

"看来你真的入迷了！"

叽哩克一下子僵住，吓坏了，可是他的翅膀太湿，一下子飞不起来。

"我是说，你洗澡洗得入迷了。"

说话的是只大鸟。她有一张墨黑色的长尖嘴，头上有一簇灰色的羽冠，脸颊上有明显的栗色羽毛。她是一只鹛鹏，叽哩克飞下来时并没有看见她正在水下觅食。

"我飞了很长的路。"叽哩克也不明白他为什么要开口说话，他自己也觉得奇怪。可是他很想有个伴儿，这样至少能过得正常些，因此他没有退缩。

"我的名字叫安妮丝。"鸸鹋说，"你是从哪儿来的？"

"我叫叽哩克，是从老远的南方来的，趁着月黑一路飞来的。"

安妮丝暗暗寻思他的话，接着问道："那你要到什么地方去呢？"

"我也不知道，"叽哩克回答道，"我只是要飞离某个地方，但还不知道要飞到哪里去，如果你明白我的意思。"

"你是不是碰到什么麻烦啦？"

叽哩克从水边跳回来，张开翅膀让它们晾干，同时考虑该怎么回答。尽管安妮丝那么大，可他本能地感觉到，跟她在一起再安全不过了。她既不会追捕他，也不会出卖他。他是那么迫切地想要把自己的遭遇告诉她，把在心里憋了那么久的心事倾诉出来。不过她可靠吗？过去几个月形成的谨慎心理使他再一次忍住了。

"我遇到了很大的危险，安妮丝，我不愿意让你也遇到这种危险。你最好不要插手进来。谢谢你的好意，但是我必须走了。"

安妮丝难过地看着他，接着问："你在找什么呢，叽哩克？"

"智慧。"旅鸫回答说。

"要是这样的话，或许有一只机智的鸟能够帮助你。"她大着胆子回答他，"有一只老猫头鹰住在一座叫大密林的原始森林里，离这儿不远。在他的同类中，他被公认为是绝顶聪明的，也许他能给你答案。你迎着落日朝西飞吧。那只猫头鹰叫托马尔，住在一棵弯曲的枞树里。告诉他是我叫你去的，我想他一定会好好招待你。如果他跟我一样认为你是真诚的，他将会帮助你。"

"谢谢你，再见！"叽哩克说着飞走了。现在，他的旅行有了目标。

＊　　　＊　　　＊

在城镇中的一座荒废的仓库里，急急风和偷偷摸这两只喜鹊正把他们编造的故事讲给聚会上的同伙听。聚会上共有三十多只喜鹊，全都急切地要听他们又杀死一只低级鸟类的详情。

急急风和偷偷摸受到同伙的敬仰，不由得扬扬得意起来。他们详细描述花了多长时间追捕那只旅鸫，自吹自擂他们在追寻猎物时有多么耐心、灵敏和足智多谋。最后，他们描述叽哩克怎样走投无路，终于在他被赶进去的林带中露脸，从隐蔽处出来，落到低矮的灌木丛间。

急急风说他守在紧靠着这只旅鸫落脚点的前面，而偷偷摸飞过去降落到他的后面。偷偷摸生动地描述这只死到临头的旅鸫如何吓得魂飞魄散，求他们开恩饶命。他们讲得活灵活现，邪恶地哈哈大笑，夸耀他们杀死这只小旅鸫时有多么血腥残忍。众喜鹊不禁听得眉飞色舞。

"不错，这个故事非常有趣。"

所有喜鹊的目光一下子转向另一只喜鹊，他正高高地蹲在左边的一根生锈的铁杆上。

对旁观者来说，这只叫特拉斯卡的喜鹊和在场的其他喜鹊并没有什么两样。他的眼睛和嘴是墨黑色的，上半身大部分也是这样的黑色，而他的肚子以及翅膀的边缘是洁白的。特拉斯卡的羽翼比大多数喜鹊的更油光发亮，泛着一种蓝色的光，但只有在白天飞行时才看得出来。此刻，这些羽毛正贴着他的背部、腰部和尾巴。

这可不是一只寻常的喜鹊。在同类中，他最让大家害怕，又最招大家恨。他是一只热衷施虐的恶喜鹊，在这群鸟中掌权还不久，才几个月罢了。之前谁也不认识他，他是突然出现的。这样的鸟，通常早就被轰走了。可是特拉斯卡时机选择得好。他是一只极其聪明的喜鹊,他发现这群鸟像熟透了的果子,已经可以采摘了。他们的首领又老又弱——根本不是狡猾又残暴的特拉斯卡的对手。特拉斯卡的政变是偷偷摸摸进行的,很不光彩。他趁对手在窝里熟睡时谋杀了他。他还用类似的手法除掉了鸟群中的两个骨干。特拉斯卡从一开始就决定了:他的权威必须是绝对的,是毋庸置疑的。

从那以后,特拉斯卡胁迫全体成员乖乖就范,有任何不同意见的鸟都会受到惩处,没有好下场。最后,他终于达成了目的。他的那群鸟在鸦鹊中臭名昭著,秃鼻乌鸦、渡鸦、寒鸦等都知道他们,害怕他们。特拉斯卡从此名声大噪。他自信他的名字将传遍鸟国,谁听到都要心惊胆战。

现在,他的双眼无情地盯住了下面这两只倒霉的喜鹊。

"有趣,但是容我斗胆猜想——你们说的并不是事实吧?"特拉斯卡用温和但带有威胁性的口气说。

两只喜鹊的神色大变,气氛越来越紧张。特拉斯卡接着说:"如果我说错了什么,你们可以纠正我。"实际上,没有鸟敢这样做,"不过我也跟这种小鸟接触过几次。"

特拉斯卡的话引起了一阵大笑。大家知道,每种鸟——

当然是比特拉斯卡小的鸟——他都杀死过至少一只。

"一直以来，我发现，旅鸫在最后关头总是朝高处飞。高处，露天——在那里来一次殊死决战。在地面上，他们的速度和机灵派不上用场。"

"那是因为他想躲起来而不是战斗。"偷偷摸反驳说。

"不错，照你说的是这么回事。不过大家一定都听说过旅鸫的勇敢，听说过这样一只小鸟甚至能把一只威胁他领地的老鹰赶走。这只叽哩克——最后一只旅鸫，他一定非常勇敢、非常机灵，因此才能活那么久。可你们对我们说，他在你们两个面前瑟瑟发抖，哀求开恩？"

特拉斯卡目光炯炯地盯住急急风和偷偷摸，用不屑的口气说出了最后这几个字，两只喜鹊从头到尾的羽毛都发凉了。其他喜鹊马上生气地向这两只鸟围拢过来。

"等一等！"特拉斯卡用温和又略带讽刺的语气说，"他们也许还有另一个故事要告诉我们呢……"

这下，急急风和偷偷摸知道，他们死定了。

*　　　*　　　*

叽哩克不费什么力气就找到了大密林。一看到林子那么大，树那么密，里面阴森森的，他心里就有点儿害怕了。

可是当他壮着胆子进去后，却很容易就找到了那棵弯曲的枞树。有许多迹象表明，这里有动物居住。树干里有一个乱糟糟的鸟窝，树下面有一地老鼠或是其他什么动物的骨头，可是那只猫头鹰不见踪影。

叽哩克一下子不知道该怎么办才好。他断定没有谁跟踪他到大密林里来，可是他的喜悦被这里的气氛一下子消融了。这里让他感到自己是那么渺小，那么孤单。他深感绝望，不禁哭了起来。他实在太累了，不知不觉睡着了。

他从很轻的声音中醒来——附近有抖羽毛的簌簌声和爪子抓树枝的声音。两只一动不动的大眼睛正低下来看着叽哩克，那只猫头鹰轻轻地清了清嗓子。

"我对你感到奇怪，"这只名叫托马尔的猫头鹰说，"露天睡在一个陌生的危险地方，对一只小鸟来说，实在不是聪明之举。"托马尔的声音冰冷低沉，不过听起来没有恶意。

叽哩克鼓起勇气，回答道："谢谢你没有趁我睡着的时候伤害我。请原谅我未经邀请，擅自闯入你的地盘。我叫叽哩克，我是飞了很远的路来拜访你的。"

"真的？那么请告诉我，叽哩克，你来找我干什么？"

"我想知道这个世界到底怎么了。不知从何时开始，我就一直逃来逃去，躲避没完没了的追捕。可以前不是这样的。我还记得以前那些快乐的日子，虽然已经过去了很久。我想知道，那些喜鹊为什么要杀害我的亲人？"

托马尔看着这只小旅鸫，思量着。他就是那只小鸟吗？他早就知道有鸟会来，也知道在这危急关头，他会得到一个年轻的助手。叽哩克飞了那么远，已经显示出他的勇气。他要是不够足智多谋，能活到现在吗？不过，如此就能判定这只小鸟能承受未来的挑战吗？他能执行那个计划——那个事关鸟国未来的计划吗？

老猫头鹰知道，如此一来，这只旅鸫将面临什么样的危险，而他能否成功对鸟国的未来又是多么重要。然而，托马尔十分犹豫。对于这么小的一只鸟，他怎么能要求那么高呢？他在心里暗暗告诉自己，衡量一只鸟的决心不能只看他的翅膀有多宽。是命运选中了这只小鸟，他没有别的选择，否则就只能屈从于黑暗。

叽哩克感觉到托马尔正紧张地看着自己。他的那双大眼睛好像能看进他的心底，找到他向往的东西。他一声不响，焦急地等着猫头鹰拿主意。

最后，托马尔说话了："你问我这个世界怎么了，喜鹊为什么要杀害你的亲人，我们来谈一谈吧，叽哩克。不过得事先告诉你，我说的话肯定会引起你更多的疑问，我会尽可能满足你的好奇心，虽然我不能说出所有的答案。"

* * *

曙光在荒废仓库的梁木间照映出一幅难看的景象。两具尸体从一根梁木上可怜巴巴地耷拉下来。尸体上美丽的黑白相间的羽毛被拔光了，原来贪婪的闪闪发光的眼睛现在只剩下了空空的眼眶。他们还被开膛破肚。这种做法很残忍，是特拉斯卡吩咐这样做的。他要确定他们讲的故事是不是真的，开膛破肚检查他们胃里有什么东西是最可靠的办法。胃里面是没消化掉的兔子肉，证明他的怀疑是对的。

这么说那只旅鸫还活着，非杀掉他不可。特拉斯卡气得够呛。他把怒气发泄在另外几只喜鹊身上，狠狠地啄了他们一通之后，他停歇下来开始思考。看来要找到那只旅鸫，就需要其他喜鹊来帮忙。可是要寻求其他喜鹊的支持，就等于自认失败，而这一切都将躲不过首领斯莱金的眼睛。想到这里，他真是吓得屁滚尿流。

"叽哩克要偿还这笔债！"他尖声大叫，"叽哩克非死不可！"

第二章　鸟国之难

叽哩克对托马尔的第一印象就是个头大，年纪老。年老也就体弱。猫头鹰以飞行时悄无声息闻名，叽哩克小时候没有听见过猫头鹰飞行的声音。可如果他是一只老鼠，那就不同了，他就知道什么是无声死亡，也知道被猫头鹰吞进肚子是什么滋味了。当叽哩克更仔细地观察这只大鸟时，他才发现托马尔骨瘦如柴。那天晚上，托马尔没捉到什么吃的东西。他经验丰富，头脑机灵，本不会挨饿。但是现在想捉到些吃的要花更长时间，捉到的也更少了。他最好的日子已经过去。好在现在需要的是他的头脑，而不是体力，智慧仍然使他的眼睛闪闪发亮。于是，托马尔和叽哩克坐下谈了起来。

"这是个可怕的年代，多事的年代，叽哩克。鸟国受到了威胁，我觉得你可能要完成一个任务。但首先我要知道，你这只贸然蹲在我家门口的小鸟到底是什么来头。"

托马尔的眼睛快活得闪闪发亮，叽哩克看得出这只老猫头鹰在逗他。可这句话听上去并不像在开玩笑。看来，他必须先赢得老猫头鹰的信任，才能得到他所寻求的答案。

"你想知道我的经历吗？你准备花一整个晚上来听吗？"

"谁都知道猫头鹰最有耐性。"托马尔回答说。

"那好，我就来告诉你，虽然没什么值得说的。我是在夏天六月里孵出来的，是第二窝三只小旅鸫中的一只。我妈妈叫埃莉诺，她长得十分漂亮。我爸爸叫汉伦，他非常爱我的妈妈和我们，非常非常爱。小时候，我很快乐，无忧无虑。我从爸爸妈妈那里学到了很多东西，这些东西在现在如此艰难的日子里，对我依然非常有用。那时候，我和别的小旅鸫一样，我们一起打架玩耍，在天空中飞来飞去，对很多事情都很好奇。我常常独自飞出去拜访人类，虽然大家不止一次警告过我要提防他们。可是在人类那里，我从未遇到过危险，他们似乎喜欢我给他们做伴。就在他们的一座花园里，我遇到了西琳，后来她成了我的伴侣。

"她是一只聪明活泼的小鸟，我喜欢她是因为她胆子大，心灵美。她常常比我更勇敢，甚至敢在一个小孩的手里啄食物吃。那时候，我们真是快乐无比。可后来，屠杀开始了，我们有生以来第一次知道了什么叫恐惧。在喜鹊到来以前，我认识至少五十只我家族以外的旅鸫。可是当西琳和我被迫离家逃亡时，我们连一只旅鸫也没有再碰到过。"

托马尔听着叽哩克的遭遇，眼睛里流露出难过的神情。这种悲剧他虽然听说过，也看到过，可叽哩克所讲的故事还是令他动容了。

"我的爸爸妈妈是最后一批被捕的旅鸫，"叽哩克说，"他们靠勇敢和智慧保护了我们好几个月。那时，我们周围的伙伴全被杀了，他俩最后也不幸落入圈套。我们本来跟他们在一起，可是在敌人进攻前被迫分开了。他们英勇抵抗，无奈寡不敌众。我们飞了一段路后，清楚地听到身后传来可怕的喧嚣声，我和西琳立刻知道，他们遇害了，但是我们没有办法去救他们。那是我有生以来最黑暗的时刻。我们只好继续飞，寻找躲藏的地方。我悲伤得不得了，可是也顾不上那么多了，因为追捕的喜鹊随即盯上了我们。

"接下来的六个礼拜是我经历过的最可怕的日子。白天和黑夜都变成了漫长、持续的噩梦。我们休息得很少，睡得就更少了。我心里只有一个愿望，那就是希望追捕我们的喜鹊累了，泄气了，放弃了追捕。可是没有，他们依然穷追不舍，即使追到天涯海角也不放过我们。"

回忆起那些黑暗恐怖的日子，叽哩克不禁心跳加速。他好几次把嘴一张一合，深深地呼吸，好让自己平静下来，然后继续说下去。

"我们两个又累又饿，筋疲力尽，精神紧张得无以复加。最后西琳再也受不了了。她死得比我的爸爸妈妈还惨。我亲眼看到她遇害，那种无助感在我的记忆中永远也无法抹去。我当时真想和她一起死，可另一个想法更强烈——我不能就这样白白死掉。因此，我来到了这里。"

"说下去吧，我的朋友。"托马尔温和地劝道并微微点头，叽哩克的话证实了托马尔对这只旅鸫的判断。

"在西琳被害以后，他们仍然一刻不停地追逐、袭击我。看来，喜鹊们嗜血的胃口是无法满足的。最后我之所以能逃脱，完全是运气好，因为追踪我的那些喜鹊找到了另一个杀戮的对象。我成功避开了他们。说实在的，我没有明确的打算——除了逃生，我真不知道该怎么办。后来，我遇到了安妮丝——一只鹦鹉，是她建议我来找你的。"

"你实在很幸运，能得到安妮丝的帮助。"托马尔思量着说，"不过说'幸运'这个词可能不太合适，叽哩克。我相信有一种更强大的力量在主宰着我们的命运。你注定要遇到安妮丝，就像她注定要指点你到我这里来一样。"

叽哩克点点头表示同意。

"是的，我从一开始就感觉到，这一切一定是冥冥之中的安排。不过，我还是有许多事不明白。"

要不要把所有的事都告诉叽哩克呢？托马尔心中犹豫了一下，他怕吓坏这只急需他帮助的旅鸫。不过他又看了看叽哩克的眼睛，感受到这小小骨架里的勇气和坚定。于是托马尔认定，叽哩克正是他所寻找的对象。现在他被上天派来了，应对即将面临的挑战。

"叽哩克，你需要知道的事情还有很多。时间紧迫，我们任务艰巨。你的勇敢将受到极大考验，你将面临许多危险，只有充分认识到这项任务的重要性，你才能完成它。这事说来话长，在我们开始之前，我要带你到一个地方去。"

说着，老猫头鹰拍动他的大翅膀，飞上天空。叽哩克跟上去，心里感到越来越好奇。他们飞过树梢，朝北飞去。他们离地面越来越远，越飞越高。过了一会儿，叽哩克看到了海边石崖顶上的一片矮树林。

托马尔垂下一只翅膀滑翔下去，停在林中最高的一棵橡树上。即使在昏暗的暮色中，叽哩克也能看到这里有许多花，它们娇嫩的花瓣随着光线渐暗而合拢。此外，还有许多别的植物。这里的确是一个美丽的地方，让叽哩克感觉特别安宁。

"这是什么地方啊，托马尔？"叽哩克悄悄地问。

"怎么了？你有什么感觉吗？"托马尔看着他的小旅伴，眼睛闪闪发亮。

"我感觉到这里是一个神圣的地方。这里这么静，又这么有力量。"

"你是被命运特别选中的，叽哩克。许多年前，这里是举行第一届猫头鹰会议的地方。当时，所有鸟类和谐地生活在一起，我们现在的这些敌人也曾是百鸟中的一族。这里土地富饶，生活美好。那种和平幸福的景象，在现在这种黑暗的时代是难以想象的。后来，危险出现了，它威胁到了我们美好的生活。那危险来自人类，他们给这片土地带来了混乱的邪恶力量。人类的入侵破坏了我们鸟国的和平安宁，鸟巢被毁，许多鸟被杀。对人类的恐惧使鸟国的快乐不复存在。由于生存受到威胁，每一种鸟都只在乎自己的生死。可是，有一只鸟高瞻远瞩，不为狭隘的私利所限。她认为面对这样的敌人，只有所有的鸟团结起来，才能生存下去，所以就有了猫头鹰会议。

"从人类开始威胁鸟类起，一只谷仓猫头鹰就成了鸟类的领袖，成为第一位'大猫头鹰'。她的名字叫普丽达。由于她的慈爱、智慧和强大，同类都很尊敬她。她在一次非正式的预备会议上发言，随后派出伙伴去执行任务——召集鸟类开会，每种鸟都要派一名代表出席。这件事自然会碰到一些阻力，因为有些鸟只关心自己的事情。幸好猫头鹰在整个鸟国中很有威望，他们说服了大家，让每一种鸟都明白，敌人带来了可怕的威胁，大家不能再各自为政了。"

由于为自己的前辈感到自豪，托马尔双眼闪闪发光，那神色犹如事情就发生在眼前。

"会议在仲夏时节举行，在大家看来，那次会议的场面是极其惊人、壮观的。不同形状、不同大小的鸟密密麻麻地蹲在周围的一圈树上，或者下面的青草地上。没有一种鸟争抢地盘。苍头燕雀蹲在苍鹰旁边，红交嘴雀蹲在旅鸫旁边。在青草地上，秋沙鸭惬意地待在离闹哄哄的银鸥几米远的地方吃草。每一只鸟都很兴奋，满怀希望。每一双眼睛都盯着普丽达，看着她拍动翅膀放松自己，清清嗓子准备发言。"

叽哩克聚精会神地听着老猫头鹰讲的每一个字。"她说什么了？她说什么了？"他急得吱吱叫。

"她的话载入了史册，所有猫头鹰到今天都还记得她那天说的话。这些话原原本本地一代一代流传了下来。普丽达是这么说的：

"'朋友们，谢谢大家今天来到这里。我们曾经在一起度过了一段非常快乐的时光，要相信，这样的日子还会再来的！不过，此时此刻我们正面临可怕的敌人。未来的一代代鸟将根据我们今天的决定来评价我们。无论如何，我们都不能让他们失望！毫无疑问，人类是我们必须面对的最可怕的敌人。这里的每一只鸟都曾被人类夺去过亲人。不过我们也知道，如果掠杀是为了生存，那就只是自然法则的一部分。但是人类肆意掠杀，已经违反了自然法则。我们必须清楚这样一个现实：人类是不会离开的，他们也不会改变自己。因此我们必须做出改变。'

"'我们必须让自己生存下去，而活下去的唯一办法就是把人类的威胁减到最小。我们必须创造一个摆脱人类的秘密世界。在人类面前，我们必须变成一闪而过的影子，当他们还在诧异时，我们就一下子消失了，让他们连坏主意也来不及想。我们要这样做，就必须有制度。每一只鸟必须像对待自己或者家庭一样，考虑到所有鸟的利益。对于任何一只鸟受到的威胁，大家都必须感同身受。只有这样，我们才能生存下去。'

"这是一次出色的演讲，对吗？它让每只鸟都静下来开始思考。现场沉默了一会儿之后，一只戴菊莺开始发言了。这只鸟是所有鸟中个子最小的，许许多多双耳朵得竖起来才能听到他颤抖的声音。

"'普丽达，你的话非常明智。我们全都知道人类，也很害怕人类。由于他们作恶多端，我们没有一只鸟是安全的。我们要活下去就得联合起来。但首先，我们需要智慧。在这片土地上，每一只鸟都知道猫头鹰是最足智多谋的。你们受到鸟儿们的尊敬和崇拜。我们相信你能找到解救大家的办法。'

"他们说，那天每一只小鸟发出的赞同声加起来甚至震动了大地，许多动物在洞里都被这响声吓醒了。

"就这样，猫头鹰会议诞生了，一直延续了很多年。普丽达用她的智慧和魄力主持着这个会议。在她仁慈的领导下，鸟国变得团结了。会议制定出规则，有了这些规则，鸟国比以前更安全了。然而，人类继续作恶，还是有许多鸟被害死了。不过，泛滥的洪水终于减弱为涓涓细流，危机总算过去了。一年年下来，一代代'大猫头鹰'保护着鸟国，使大家避开了天灾和人祸。他们用智慧和力量克服了洪水、饥荒、污染，以及那些因为人类的残忍破坏而带来的灾难。每一任'大猫头鹰'都对大家的信任报以感激，并庄严地接过接力棒，继承普丽达的传统。每当开会时，每一个与会者都能感觉到普丽达的存在。我们现在的'大猫头鹰'，也就是塞里瓦尔，是普丽达如今的继承者。"

接着，托马尔沉默了好一会儿，陷入了使他深感痛苦的回忆之中。叽哩克意识到，接下来的故事将会饱含悲伤。他同样沉默着，深深吸进傍晚柔和的空气。不可否认，叽哩克心中翻腾着很多问题。他擦擦嘴，想引起托马尔的注意，然后说：

"普丽达把所有的鸟联合起来，保护他们的安全，这无疑非常伟大。现在的'大猫头鹰'和猫头鹰会议也一定能为我们做些什么。喜鹊正在残害我的种族啊！"

老猫头鹰把脸转向他，显得很忧伤，对叽哩克的痛苦表示同情。

"那些喜鹊不仅残害了你的种族，还残害其他很多种族。"托马尔严肃地说。接着，他告诉叽哩克这片土地上所发生的悲剧。他悲伤地告诉叽哩克，夜莺和云雀已经大批死亡。他不断地述说着身边那些有计划、有组织的灭绝种族的大屠杀。

"可这些悲剧的幕后主使者是谁呢？"叽哩克大胆地问道。

于是，叽哩克第一次听到了斯莱金这个名字。当托马尔说出这个名字时，他声音沙哑，怒不可遏。斯莱金是一只喜鹊，外貌和其他喜鹊没什么两样。事实上，他个子还很小，从小就瘸了腿。不过斯莱金非常狡猾，也非常邪恶。他生来就有一种可怕的叛逆性格，孵出来时便杀害了与他同一窝的兄弟姐妹。他的父母气坏了，抛弃了他，他便吃掉自己死去的兄弟姐妹以维持生存。长大后，他仍毫无悔意，早就与父母形同陌路。

斯莱金虽然性格扭曲，但他的狡猾助他步步高升。他有残疾，一开始常被同伴看不起甚至遭到排斥，但他克服了自己的缺陷，并很快通过暴力和凶蛮攫取了权力。他收服了一批头脑简单、四肢发达的鸟，利用他们迫使其他喜鹊对他唯命是从。和别的鸟一样，没有几只喜鹊是真正邪恶的，但是他们很容易被牵着鼻子走。在斯莱金的控制下，没有喜鹊去考虑他们的所作所为对不对，甚至也没有喜鹊去考虑到头来他们能得到什么好处。对一些喜鹊来说，掌握对其他鸟类的生杀大权可以满足私欲；对另一些喜鹊来说，害怕遭到死亡的惩罚使他们噤若寒蝉。所有喜鹊好像都没有了自己独立的思想，像奴隶一样，只知道为主子卖力。为了灭绝其他所有鸟类，斯莱金除了从同类鸦鹊那里获取情报，还需要从其他鸟类那里了解更多的情况。因此，他转而注意到了猫头鹰会议——鸟国中善良和正直的代表。

斯莱金假装是"大猫头鹰"塞里瓦尔的追随者，前来寻求智慧，他的诚恳态度和奉承本领骗取了这只最聪明的鸟的信任。这只邪恶的喜鹊变成了"大猫头鹰"的弟子。他装出要为老师鞠躬尽瘁的样子，然后摸清了鸟国每一种鸟的情况。他知道了他们的驻地，学会了他们的歌声，了解了他们的弱点。他和塞里瓦尔形影不离，甚至和他一起参加猫头鹰会议。

他一直在仔细听，拼命学。五年过去了，斯莱金得到了他想要的全部东西，一下子消失得无踪无影。又一年不到，斯莱金再次出现，重新拥有了他的黑色荣耀，掌控着他的鸦鹊，还找到了实现他霸业的法宝：屠杀开始了，无数的鸟被杀害。猫头鹰会议再也没有召开过。

第三章　伟大使命

等到叽哩克和托马尔飞回大密林时，天已经黑了。可是叽哩克太兴奋了，一点儿也不觉得累。他想知道的事情那么多。托马尔给他讲的猫头鹰会议的故事引起了他的兴趣，在他短短的生命中，他还从来没有听说过这样的事情。然而，猫头鹰会议的权力和影响显然被斯莱金的阴谋诡计毁灭了。不过在托马尔身上，叽哩克仍能感受到会议所代表的美好事物的力量。他想知道更多有关这只老猫头鹰的事。

他们两个落到那棵弯曲的老枞树附近。托马尔刚收起翅膀，叽哩克已经像放连珠炮似的问起来了：猫头鹰会议解体后，其他成员怎么样了？"大猫头鹰"塞里瓦尔怎么样了？他还活着吗？托马尔会成为下一任"大猫头鹰"吗？托马尔极其耐心地解释道，会议成员一共有十二名，会议解体后，他们都各自飞回了家，后来再也没见过面。

至于"大猫头鹰"塞里瓦尔，据托马尔所知，他还活着，但他受到了沉重的打击，对鸟国的劫难不再过问。

"'大猫头鹰'是怎么选出来的?"叽哩克问道，"鸟国现在比以前更需要强有力的领袖啊!"

"'大猫头鹰'一经选出，通常要终身担任这个职务。但是如果会议成员联合起来，就有权罢免'大猫头鹰'，把他逐出会议。这被公认为是对最高权力领袖的最佳制约。不过，这需要其他十一名会议成员共同表决。"

托马尔继续严肃地说，斯莱金背叛以后，他曾碰到会议中两名年轻成员在激烈争吵。他们要罢免塞里瓦尔，因为他们觉得是他让"大猫头鹰"的地位被无可挽回地削弱了。托马尔劝他们说，这样匆匆忙忙容易做出不恰当的决定，"大猫头鹰"并不是敌人。他建议大家先各自回家，反思一下各自在斯莱金这件事情上到底做错了什么，然后再想想解决的办法。不过托马尔向叽哩克承认，对于那几名会议成员能否解决这件事，他并不抱多大希望。

"那为什么还选他们当会议成员呢? 这些猫头鹰又是怎样成为会议成员的呢?"叽哩克毫不掩饰他心中的疑惑。托马尔看到他急切的神色，心中不由得感到满意——这正是他需要的鸟。

"会议不时地选进新成员，通常是替补已经去世的成员。不过正如我之前所说，领袖可以被罢免，同样，一些不称职的成员也可以被罢免。会议成员的候选者先由他的族群选出，然后由会议认真评定，看是否具有资格。会议成员必须自愿为大家服务，而且一旦被选中，就不能有配偶，这是历代会议约定俗成的。这被认为是聪明的办法，因为会议成员要为整个鸟国服务，要做出与所有鸟——包括与猫头鹰的生命有关的决定。为了避免利益冲突，为了能让会议成员制定出不偏不倚、明智的决策和法律，他们最好没有亲密的伴侣，这样他们就不会有太多的顾虑。

"因此，我的朋友，我想现在你应该知道了，从来就没有几只猫头鹰愿意申请当新的会议成员！不过，被选作一名为鸟国服务的领袖，是极为崇高的荣誉。我有时候会遐想，很多年后，我通过在猫头鹰会议上的努力，为鸟国的利益做出了一点儿贡献。然而在我漫长的任期里，许多猫头鹰改变了初心。可是塞里瓦尔——我忠实的朋友，一直用超乎寻常的体力和无穷的智慧带领着大家。而现在呢，他陷于绝望，因被大家视为叛徒而极其痛苦，这让我非常难过。因此，我要想办法挫败斯莱金的罪恶计划，给鸟国带回和平的生活，给我那位朋友带回内心的安宁。"

所以，现在轮到托马尔来跟斯莱金那个邪恶的坏蛋比心计了。托马尔知道斯莱金很狡猾，不敢低估他。他自己年纪大了，不能担当起对抗喜鹊的领导任务，只能贡献他的才智。他想出了一个结束鸦鹊对鸟国控制的计划。如果计划成功，对斯莱金来说将是一个沉重的打击。现在有了叽哩克，他觉得自己终于找到了一只年轻勇敢、适合做助手的鸟。因为在托马尔的计划中，他需要这只旅鸫作为信差和使者——叽哩克得做三次长途飞行，这三次飞行将比他短短一生中经历过的任何事情都更加危险。

当叽哩克和托马尔在谈论斯莱金的时候，这只喜鹊也在进行一场凶狠的谈话。更确切地说，他是在那里声嘶力竭地大吼大叫。他把特拉斯卡叫到他藏身的地方——一个黑暗、寒冷、荒凉的沼泽地。与他们在一起的还有斯莱金的两名心腹，他们是一对乌鸦，长着呆滞的黑眼睛和凶恶的尖嘴。对特拉斯卡来说，召而不来，那就太不聪明了。

一开始，谈话客客气气的，这反而让特拉斯卡更加局促不安。他懂得这种做法，他自己也常用。接着，斯莱金突然要他汇报，谈谈原先制订的消灭鸟类的工作计划做得怎么样了。

说谎没有用。特拉斯卡清楚地知道，斯莱金到处有耳目，早已知道他没有杀掉那只旅鸫。因此他一反往常，没有推卸责任，而是自己承担了全部，做好了最坏的打算。果然斯莱金大发雷霆，可忽然之间气氛一变，他又平静下来，心平气和地跟特拉斯卡商量接下来该怎么办。他要特拉斯卡亲自去消灭叽哩克；在特拉斯卡离开后，他还将派自己的助手代管特拉斯卡手下的那帮喜鹊。

特拉斯卡虽然明知自己的权力被削弱了，但还是感到很高兴。首先，他有了报复的机会——亲手杀死那只小旅鸫，这简直太过瘾了；更重要的是，他觉得斯莱金仍然需要他，这让他感受到了自己的力量。在他那残忍的心里，认为斯莱金没有惩罚他只能表明斯莱金的软弱。特拉斯卡第一次对自己的首领产生了怀疑，到一定时候，这些怀疑极有可能发展成事实。他预感到喜鹊王国未来会出现一个不同以往的崭新局面——将出现一个新首领。

不过这样的美梦暂时被打断了，斯莱金毫不客气地下了逐客令——他的话说得很温和，但充满威胁性：

"但愿你不再让我失望！"

＊　　　＊　　　＊

傍晚时分，叽哩克从无梦的酣睡中醒来。他把托马尔的计划重新考虑了一番，虽然不知道自己是否有能力完成老猫头鹰的嘱托，可是一天下来，他充满了决心和勇气。既然决定去做，他就要跟他聪明的伙伴再谈谈达里尔——他长途飞行要去见的第一只大鸟。

当老猫头鹰从树洞里探出头来，向傍晚柔和的阳光眨眨眼时，叽哩克立马迎上去了。

"哎呀，等一等！我的脑子还在窝里呢！"托马尔咕哝着。

可是这只老猫头鹰也感觉到临近行动的迫切和激动，这是他多少个日夜精心计划的结果啊！叽哩克是这些计划的关键，在未来三次连喘息的机会都没有的长途飞行中，他的能力将经受极大的考验。时间紧迫，托马尔觉得刻不容缓，这只小旅鸫必须为鸟国的未来尽快出发。托马尔对叽哩克有信心，他们两个都知道，这个计划一定会成功。

然而，还有那么多可变因素要考虑。要面对许多未知

034

的危险，有来自敌人的，也有来自任务本身的。他们需要运气。叽哩克坚信托马尔的策略是可行的，而他对托马尔的信心同时鼓舞了托马尔。老猫头鹰回答了叽哩克关于达里尔的问题，两只鸟反复商量着他们的计划。时间紧迫，但他们都知道，要想成功，在这危险道路上行走的每一步都要绝对稳妥。

夜幕降临前的最后时刻，他们的商讨才暂时告一段落。他们紧靠着蹲在一起，看起来极不相称。现在准备工作已经做好了，万事俱备。所有飞鸟的性命与未来全都掌握在他们手中。叽哩克将把一代代飞鸟的希望放到背上和翅膀上带走。伟大的冒险就要开始了。

*　　　*　　　*

特拉斯卡的追猎本领在喜鹊王国里是出了名的，他的对手无不闻风丧胆。他在离开斯莱金的巢穴时就知道，沿途的踪迹可能已经变得难以找寻，于是他开始咒骂急急风和偷偷摸两个无能的手下。但他对自己充满信心。毫无疑问，他会找到那只旅鸫的，而且一找到就会毫不客气，马上要了他的命。如今，他是孤零零独自去追猎。作为首领，他可以依靠能干的手下，而作为捕猎者，他只能依靠自己了。他知道自己更喜欢成为哪一种。

特拉斯卡从记事起，就是孤独的。他的妈妈告诉过他，她生病毁了容，其他喜鹊就把她赶走了。直到生他前不久，她才有了配偶，可是对方因为她曾经得过病，就把她抛弃了。这个打击让她的心都碎了。她本以为是朋友的喜鹊对她也同样残酷，没有一只鸟对她表示过同情。她吓坏了，不知所措，不得不逃离她唯一的家。特拉斯卡能够想象到，当初的妈妈飞了很远的路，就是为了拼命找到一个安全的地方产卵。好几次，她碰到别的喜鹊，可他们对她十分冷漠。最后她筋疲力尽，只好钻进一片密林，从她的嘴能够到的地方拖来一点儿薄薄的青苔，在上面产下了她唯一的蛋。

那真是一个非常可怜的窝。尽管她已经尽力使她的蛋获得足够的热量，但是由于疲惫，再加上生过病的身体很虚弱，她的体温很低。她没有力气去觅食，此刻也不能丢下蛋。正常情况下，应该由她的配偶去为她寻找食物，可现在没有谁能帮她。没办法，她只好挨着饿守在那里，等候她的小宝宝孵出来。

特拉斯卡的妈妈告诉他，他孵出来时，她心中的石头终于落了地，她感到很快活，可这种宽慰和快活马上又变成了焦虑。小宝宝出生了，张开嘴要吃的，她该怎么办呢？她知道她得马上喂特拉斯卡食物，同时也知道出去找食物可能会有危险。可食物是必不可少的。于是她只好把他留在寒冷而粗糙的窝里，自己出去觅食。

喜鹊妈妈好不容易给她的小宝宝找到了足够的食物。可因为急着回去喂小宝宝，她没有工夫再为自己觅食了。每出去一次，她就多消耗掉一些有限的体力，她知道自己快要活不下去了，是特拉斯卡支撑着她一次又一次出去。终于有一天，她知道自己不行了。

幸好，特拉斯卡已经羽毛丰满，活下去不成问题。他的妈妈在临死前告诉了他，自己在其他喜鹊中所遭遇的一切。现在，当特拉斯卡回过头去想时，他觉得那是他幼小的心灵中种下的第一颗仇恨的种子。第二天早晨，当特拉斯卡醒来时，他的妈妈已经死了。她的身体变得冰凉、僵硬，她终于被饥饿和疾病折磨死了。

此后，长期的艰苦生活、孤单和提心吊胆，让特拉斯卡的性格越来越邪恶。他的每一个念头和行动都是邪恶的典型。残酷成为他的标签，因此顺理成章，他年轻时就投靠了斯莱金。特拉斯卡幸灾乐祸地回想起和这位首领在一起时的日子,他们合伙作恶,相互欣赏对方的恶毒做法,相互学习更多使他们灵魂变黑的东西。

对特拉斯卡来说,斯莱金具有他所向往的一切:有权有势,对待手下极端残忍,擅长用暴力树立权威。特拉斯卡断定,如果他这个学生有一天赶上师父,甚至做得比师父还要恶毒,斯莱金会非常满意。对斯莱金来说,他在特拉斯卡身上看到了一只理想的喜鹊该有的样子,相信他能够帮助他实现消灭所有其他鸟类的计划。斯莱金知道特拉斯卡喜欢屠杀,这样就能建立起威信,迫使其他喜鹊一起去做屠杀的事,从而达到自己的目的。

特拉斯卡知道,斯莱金有时候一定还在担心,生怕他的徒弟会变得太强大,从而篡夺他作为鸦鹊首领的地位。不过,斯莱金那种无以复加的虚荣心和对自己过度的自信,使他很快忘掉了这种想法,而且他们两个一起度过的日子实在太有趣了。特拉斯卡记得,自己作为伙伴兼徒弟,和斯莱金在一起待了许多个月。他承认,他那颗恶毒的心无疑已经被打造成了斯莱金想要的样子。

特拉斯卡想起了他离开斯莱金的巢穴,回到自己老家时的情景。在那里，他报复了那些曾残酷对待他母亲的鸟。特拉斯卡把他们全都杀了。回想起这件事，这只恶毒的喜鹊兴奋得张开了嘴巴。除了特拉斯卡自己，再没有一只活着的鸟能讲出这些暴行。现在，特拉斯卡又该动身了。他身负被指派的工作，不得不把它完成。

特拉斯卡飞到上一回见到过叽哩克的林区。他花了些工夫，有条不紊地搜索了急急风和偷偷摸曾经把那只小旅鸫追得走投无路的矮密林。他寻找鸟粪和掉下的羽毛。他知道叽哩克在遭到追捕时一定受到了惊吓，恐惧可能会让他留下一些可以被追踪的痕迹。不过叽哩克不是只普通的鸟，特拉斯卡搜索了半天，一点儿发现也没有，他越来越泄气，也越来越生气。

当特拉斯卡断定已经把这片土地搜了个遍，却一点儿痕迹也没有找到时，他知道要抓到这只小旅鸫可能需要点儿运气了。他停止了疯狂的搜索，落在树枝上思索起来。叽哩克会到哪里去呢？他是一只孤零零的旅鸫，其他旅鸫已经全让喜鹊杀死了。如果换作他是叽哩克，他会怎么做呢？他会飞到哪里去呢？

特拉斯卡知道，叽哩克和西琳是从东边被追到这里来的。他也毫不怀疑，叽哩克应该知道南方是喜鹊的势力范围。所有的鸟，或者说还剩下来的鸟，都知道南方是喜鹊王国的心脏地带。因此，叽哩克会飞到西方或者北方去吗？当急急风和偷偷摸选择易捉的兔子时，那只小旅鸫有了一点儿喘息的机会，可是他没有时间做出周密的逃走计划。恐惧和慌乱迫使他匆忙逃走，离危险越远越好。想到这里，特拉斯卡飞上天空，拍动翅膀，朝北飞去。

第四章　首次飞行

现在，分别的时刻到了。叽哩克舍不得离开这只老猫头鹰。他很快就喜欢上了托马尔，在经历过长时间的恐惧后，他十分珍惜这个伙伴以及因此而得到的安乐。想到将要面临的危险，叽哩克有点儿胆怯，他开始怀疑自己能否胜任这样的工作。可是他知道，一旦开了头，冒险本身就会带着他向前走，不让他有时间犹豫。是啊，光是活命就够他绞尽脑汁了。他这次寻找达里尔的飞行旅途漫长而任务艰巨，要穿过不认识的土地，他真不知道自己会受到怎样的待遇。

"这个嘛，你不去就不知道。"托马尔轻快地说，又温和地加上一句，"时间紧迫，赶快动身吧！"

"我真希望你和我一起去！"叽哩克说道。

"我也这么想。"老猫头鹰担心地咕哝道。

"不用担心，托马尔，我不会让你失望的！"叽哩克勇敢地说。这只小旅鸫随即飞上天空，悬停了一会儿，像是在跟托马尔说再见，接着飞走了。

托马尔看着叽哩克的小身影，默默地说了些告别的话，接着回到树洞睡了一觉——既担心又难受的一觉。

叽哩克朝西向远处托马尔跟他讲过的群山飞去——那是他第一次长途飞行的目的地。一离开大密林，光线瞬间明亮起来，叽哩克立刻规划出了大致的飞行路线。他决定避开人类密集的地方。托马尔的警告以及与人打交道的经历，都让叽哩克想尽量避免碰到他们。而且他知道，如今那些喜鹊布满这些城镇，吃人类扔掉的食物，以及那些被人类的车辆辗死的动物尸体。

叽哩克的飞行路线要经过荒芜的地区，这些地区的土地甚至在最湿润的天气里也硬得不得了。有好长一段路上，叽哩克都找不到食物吃。但他知道天无绝人之路，大自然会给他吃的。更重要的是，叽哩克认定他选择的方向能让他避开敌人。在跟托马尔谈了那么久后，他更明白喜鹊的凶恶，也更知道他要活命就得完成使命。因此他稳稳妥妥地飞行，对任何事情都保持警惕。他知道自己的前方还有很长的路，飞得小心谨慎比飞得快更加重要。可是，他刚飞了没多远，厄运就降临了。

叽哩克正飞过一片小矮林，忽然听见恐怖的尖叫声。他还没搞清楚怎么回事，就赶紧躲藏了起来。这时，只见树林间出现了一只蓝色的小山雀。小山雀吓得乱飞，后面有两只喜鹊在追她。这两只黑翅膀杀手狰狞地大笑着，一叫一和，一面追着蓝山雀，一面吓唬她。

叽哩克看得出，那只小山雀已经精疲力竭，死期将近了。她要活命，只能看叽哩克能不能把追她的两只喜鹊引开。眼下情况紧急，叽哩克来不及想别的办法，只能勇敢地从两只喜鹊的嘴巴前面横穿过去。其中一只喜鹊转过来追叽哩克，可是没追多久，他又回去和另一只喜鹊重新追捕蓝山雀。他们有自己的规矩。这时候叽哩克知道，这只小山雀和其他许多小鸟一样，注定要死了。他也知道，自己的危险增加了十倍。刚才他那出"英雄救美"等于在树梢上高呼："我在这里！我在这里！"

叽哩克心情沉重地继续飞行。

＊　　　＊　　　＊

特拉斯卡为了追寻叽哩克，决定充分利用鸦鹊提供的消息。乌鸦、寒鸦、渡鸦、松鸦都对喜鹊的行为又厌又怕。

不过，他们跟喜鹊是亲戚，当其他鸟类被残酷杀害时，喜鹊还没动到他们头上。因此，他们虽然不积极参与大屠杀，但为了回报喜鹊的不杀之恩，也会提供点儿帮助。喜鹊们必须好好利用这种信息网，因为他们还从来没有碰到过像叽哩克这样勇敢和机灵的猎物。特拉斯卡飞来飞去，一找到这些亲戚就开始盘问他们。当他得不到有用的信息时，就会对这些亲戚下毒手，因此有消息在那些鸦鹊中传开，说千万别跟特拉斯卡打交道。

特拉斯卡对鸦鹊如此凶恶，结果却适得其反。当他要那些亲戚帮忙时，他们为了摆脱他，就说些假话敷衍他。这反倒让他飞对了路。他一直朝北飞，前途渺茫。但他知道不能失败——失败的后果想想就叫他毛骨悚然。他凭着本能追下去，相信叽哩克走的就是这条路。他的追逐是急迫的，不像叽哩克摆脱急急风和偷偷摸以后那么小心谨慎。不知不觉，特拉斯卡离他的猎物越来越近了。

他一路飞，一路向当地的鸦鹊打听，终于有一天得到了叽哩克的消息。一只秃鼻乌鸦不久前刚刚长途觅食归来，途经叽哩克遇到鹀鹀安妮丝的那条小溪时，偷听到安妮丝和她的伙伴谈到小旅鸫的事。从她们的谈话判断，尽管相遇时间短暂，但她对叽哩克的印象显然很深。

特拉斯卡陷入了思考。从秃鼻乌鸦的话中判断，安妮丝只知道叽哩克遇到了危险，可是还不知道他被喜鹊追捕。特拉斯卡决定去见见这只鹧鹕。但是首先他要从秃鼻乌鸦那里问出当地喜鹊的驻地，然后去跟他们的首领商量，以获取他们的帮助。一说出斯莱金的名字，特拉斯卡就得到了他所需要的帮助，很快就有四只喜鹊带领特拉斯卡，一起向安妮丝居住的那条小溪飞去。

*　　　*　　　*

一场暴雨迫使叽哩克在一个美丽的林谷里避雨。电光闪闪，雷声隆隆，这让叽哩克十分害怕。距离遇到那只蓝色山雀和追捕她的喜鹊，已经两个多星期了。这期间，他用最快的速度飞行，一点儿也没休息。可是前路漫漫，此刻距第一个目的地还有一半路程，而接下来还有两次同样的长途飞行。

叽哩克又湿又冷，浑身发抖。面对已经开始的这一艰巨任务，他对自己产生了怀疑。不过他知道，他必须尽力去完成任务。托马尔会找到另一个助手完成另两次长途飞行吗？他不知道，也无从知道，目前他只能留在这里等暴

045

雨过去。叽哩克感到很疲倦，便昏沉沉地睡着了。

他梦见西琳，梦见了他的家。他们的窝本来安在路边堤岸的一个洞里，很靠近人类居住的地方。这对旅鸽和人类有过接触，接受过他们的好处。可是在梦里，托马尔说的那些关于普丽达和猫头鹰会议的情况以及人类所做的坏事，让叽哩克的心里十分混乱。他交往过的那些友好的人类变得阴险了，微笑时露出了准备撕咬的尖牙。他们快活的眼睛眯缝着，充满恶意。突然，他们变成了巨大的喜鹊，追着他和西琳……叽哩克从噩梦中惊醒，一下子坐起来，浑身发抖。他努力使自己平静下来。慢慢地，他感到全身无力，再一次沉入深深的睡眠中。

叽哩克醒来的时候，雨已经停了。空气清新，尽管太阳还没有冲破云层，但光线已经亮多了。不过最能引起叽哩克注意的是暴雨后的寂静。也不是一点儿声音都没有。附近虫子的唧唧声说明有东西在活动，这让叽哩克脉搏跳动加快，充满饥饿感。他从蹲着的地方飞到下面开花的矮树丛里。有几只昆虫正忙着采集花蜜，更多的昆虫在林中满地的毛茛和风铃草上跳来跳去。叽哩克飞来飞去，忙着找东西吃。他在一些叶子背面找到些虫子，把他们啄下来吃了个痛快。叽哩克吃得那么欢，不知不觉放松了警惕。

别的动物也在找吃的，一只虽小却很凶恶的动物，像蛇那样悄悄地爬近这只小旅鸫。他的眼睛黑得发亮，棕色的皮毛被林中的植物弄湿了，滑溜溜的。这是一只黄鼠狼，只见他无声地靠近叽哩克觅食的地方，然后以闪电般的速度一下子扑了上去。

曾经让叽哩克泄气的雨水，如今成了他的救星。原来他从一片叶子上的小水珠中，看到有什么东西一闪，于是他马上飞起来，逃脱了黄鼠狼的袭击。黄鼠狼捶胸顿足，吐掉了嘴里的两根羽毛。接着他爬走了，找更容易吃到的东西去了。叽哩克重新飞回他原先蹲过的树枝，心怦怦直跳。

"真是一只傻鸟！"他骂自己，"你的脑子在想什么呢？你根本不动脑子——只顾着自己的肚子！"

不过毕竟脱了险，他松了口气，开始大笑起来，闪亮的眼睛里流下泪水，打湿了胸前红色的羽毛。

*　　　*　　　*

安妮丝发现喜鹊时，她正孤零零地站着。和所有鸟一样，她憎恨喜鹊屠杀小鸟的行为。不过她不怕这样一只单独向她跳过来的喜鹊。她个子大，嘴巴尖，这让她觉得放心。

"你要干什么？"察觉到那只喜鹊走得太近时，她问道。

"噢，我只是想找你谈谈。"特拉斯卡回答说。

"什么事？"安妮丝提防着问道，"对于你们这种鸟，我没什么可谈的。"

"我在找那只旅鸫。你知道他去哪儿了吗？"特拉斯卡用威胁的口气问道。

"旅鸫的事我一概不知。请别打搅我！"鸸鹋厉声回答，打算赶紧走开。

这时候，另外四只喜鹊降落到安妮丝的周围，开始狠狠地啄她。她的头颈受了很严重的伤，血从伤口流下来。她虽然还击了几下，可是很快就被制伏了。特拉斯卡发出一声号令，四只喜鹊立马退后，特拉斯卡生气地盯着这只受伤的鸸鹋。

"我不说第三遍！"他对安妮丝吼道，"那只旅鸫上哪儿去了？"

安妮丝绝望地环顾四周，看到自己孤立无援，只好说出了叽哩克的去向。于是，特拉斯卡知道，叽哩克去大密林找猫头鹰托马尔了。他思量着点点头，关于托马尔，他从斯莱金那里听说过不少，知道这只老猫头鹰会给小旅鸫出主意。他打量着眼前这只可怜巴巴的鸟。

"谢谢，"特拉斯卡恶毒地说，"现在不太痛了，对吗？"接着，他向候在一边的几只喜鹊回过头去。

"杀了她！"他说了一声，飞走了。

＊　　　＊　　　＊

叽哩克继续他的长途飞行，他高高地飞在空中，下面是不断变换的风景。他飞过波光粼粼的大河，朝着西边影影绰绰的山峦和那些威严的山峰飞去。山风料峭，大部分高峰上都覆盖着雪，春天的太阳还没能将它们融化。

托马尔告诉过叽哩克，在大湖旁边的一座山里能找到达里尔。达里尔是一只红鸢——一种极其稀有的鹰，只在深山中才能找到。他们几乎灭绝了，不过是被人类灭绝的，而不是被喜鹊。达里尔这一族是唯一存活下来的一支，这全靠达里尔这个首领。他凭借勇气和智慧，受到远近同类的尊敬，许多年来领导着这群鸢隼。托马尔知道，这只鸟很有威信，如果叽哩克能说服达里尔，那么达里尔就能协助老猫头鹰打败喜鹊。

这件事老猫头鹰和旅鸫仔细商量过，而现在，当叽哩克来到这令人望而生畏的目的地时，他唯一想到的是，达里尔可以轻易地把他吃掉。

*　　　*　　　*

当特拉斯卡飞向大密林时，他思考着下一个行动计划。目前他不想和托马尔对抗，那会影响斯莱金对猫头鹰的大计划。虽然他很想迫使托马尔说出旅鸫的所在，可他知道，如今还不是惹怒他师父的时候。他得自己先去找这只旅鸫。

特拉斯卡决定先找当地的喜鹊及其首领。当特拉斯卡到达时，喜鹊们正在举行一场庆祝活动，他们张开翅膀欢迎他，并邀请他参加盛宴。尽管感到不耐烦，特拉斯卡还是控制住自己，坐下来听当地的喜鹊吹嘘他们全面完成任务的"英勇事迹"：在他们的天空，如今再也没有蓝山雀飞行了。特拉斯卡先投其所好地称赞他们，然后开始打听那只旅鸫的消息。

喜鹊首领只想炫耀自己的成就，对特拉斯卡问的事情丝毫不感兴趣。特拉斯卡真恨不得拔掉这只鸟吹牛的舌头。不过在他的追问下，他还是从杀死一只蓝山雀的两只喜鹊口中得到了答案。

"对了，我想起来了。我们看到过一只白背旅鸫。他疯了，差点儿擦掉我的嘴巴！"

"你们为什么不杀掉他？"特拉斯卡恨恨地问道。

"那不是我们的任务。首领给我们的任务是除掉蓝山雀，我们做到了！"

这句话引起热烈欢呼，这只喜鹊得意扬扬地耸起他身上的羽毛。

"那么，那只旅鸫怎么样了？"特拉斯卡用舒缓的口气引他说下去。

"哦，他灰溜溜地飞走了，飞得实在是快。"那只得意扬扬的喜鹊回答说。

"朝哪个方向飞走啦？"特拉斯卡问道。

这次回答的是两个杀手中的另外一个。

"他飞得像支箭一样快。我看了他好一会儿，头都晕了。"

说着，他哈哈大笑起来，想起头晕得那么厉害，真是好玩。

"飞向哪儿呢？"特拉斯卡再一次耐心地问道。

"噢，对不起，我没说吗？他是朝西飞的。"

特拉斯卡觉得对主人已表示出足够的礼貌，就溜走了。其实他也很想留下来，因为庆祝活动正开始进入狂欢，可是他更想光荣地完成任务。当特拉斯卡再次独自一个时，他停在一棵高高的树上朝西看。从刚刚得到的消息判断，叽哩克出发已经好几天了。特拉斯卡不知道旅鸫的目的地在哪里，也不知道他要去干什么。他又一次想到回去问老猫头鹰，但还是放弃了，因为已经离得太远了。特拉斯卡知道，他得相信自己的运气和智谋。

他极目朝远方望去，像是希望他的眼力能透过层层屏障，找到那只该死的旅鸫。接着他定睛察看。沿着他必经之路的方向，有一条细细的"长线"绵延了好几里路，有许多重型卡车在隆隆地响。这些卡车的速度和持久力给了特拉斯卡很大启发，他一下子知道自己要做什么了。可是怎么才能做到呢？

当特拉斯卡正在苦苦思索时，他发现答案其实非常简单。有一辆敞篷旧卡车停在近旁的加油站，车子后面堆着干草。特拉斯卡毫不犹豫，马上飞下来，落到干草上面，待在草堆里，只露出眼睛和嘴，暖和极了。他感到很兴奋。当卡车开动时，特拉斯卡听到隆隆的声响。接着，卡车顺着车道一路朝西开走了。

*　　　*　　　*

叽哩克累坏了，不过他终于来到了目的地，心里的石头也落了地。他知道使命紧迫，但是他的身体告诉他，他需要休息。已经临近傍晚，叽哩克决定把和达里尔的见面推迟到第二天，那时候他会更清醒。

于是，叽哩克开始找地方降落。忽然，他看到红色发亮的一块地，一下子口水都要流下来了。他饿极了，不敢相信运气会这么好——在这里，而且在一年这么早的时候，会找到一块野草莓地。他飞下来开始拼命地啄食鲜美多汁的嫩草莓。叽哩克知道，刚从黄鼠狼爪下逃过了一劫的他得处处小心谨慎，可眼前的草莓太诱人了，他只想大吃特吃。

当附近树木传来沙沙声，表明这里不止他一个时，叽哩克吓得简直魂都没了。不过这一回没有出现要命的食肉动物，只有一只棕色小老鼠从高高的草丛里朝外张望，然后不好意思地过来分享叽哩克的食物。于是，老鼠和旅鸫并排站在一起，埋头享受这些甜美多汁的草莓。

这时，高空中有一个小黑点儿，似乎带着可怕的目的

053

在飞。达里尔敏锐的目光已经看到了下面的老鼠和旅鸫。高空中侧风吹来，他调整好翅膀尖的角度，静静地等待着。

接着，风平息了，他收拢翅膀，俯冲向下面两只不幸的猎物，而且速度越来越快。达里尔也不知为什么，一瞬间改变了主意。在最后一秒钟，他用他那可怕的弯爪子抓起了老鼠。叽哩克眼看着老鼠送命，在原地惊呆了。达里尔用爪子牢牢地抓住老鼠低低地绕圈盘飞，看到旅鸫一动不动，就朝他转回来，像是要再次袭击。可是他的爪子还抓着老鼠，没办法再抓旅鸫。

这时叽哩克才从惊恐中恢复过来，忙向这只大鸟打招呼。叽哩克说："我在找你的一个同类，叫达里尔。你认识他吗？"

"我得说，我比谁都更熟悉他，"那只红鸢回答说，"我就是达里尔。你是谁？"

"我是叽哩克，是从老远的地方飞来看你的。"

话刚说完，旅鸫的整个身体突然倒下来，他已经浑身无力了。

"你能再飞一段路吗？"达里尔很客气地问他，"我可以带你到一个安全的地方休息，明早再谈。"

于是，又是一种罕见的合作，红鸢和旅鸫双双往达里尔的家飞去。

＊　　　＊　　　＊

干草的温暖和卡车的颠簸，加上嗡嗡声，让特拉斯卡沉沉地大睡起来。在他睡着时，卡车开过了许多里路。直到卡车停下，特拉斯卡才醒来，听到了人类的声音。卡车司机让一个女人搭便车，女人爬上驾驶室，坐到司机旁边。特拉斯卡趁机抖掉身上的干草，从卡车后面跳了下来。

真是福有双至，吃的马上就送来了，是路旁的一只死刺猬。特拉斯卡的尖嘴很快就把他撕开，美美地吃了一顿。吃饱以后，特拉斯卡飞到附近一棵树上休息片刻，思考自己的处境。他不知道这是哪里，也不知道叽哩克在哪里。他只是凭直觉在瞎追踪，不过一路上过得还不错。

"把事情从头到尾梳理下。"他竭力回想，"这只旅鸫去找老猫头鹰托马尔，然后飞了很远，要去一个完全陌生的地方。这是为什么？"

特拉斯卡拍拍翅膀，抖落了身上的一根弄得他很不舒服的干草。

"他可能在找另一只旅鸫。可托马尔为什么知道这种事情呢？也许那只老猫头鹰是叫他带信给另一只猫头鹰。但是为什么飞那么远，又为什么到这里来呢？"

认识到自己在这陌生的地方找叽哩克有多么困难时，特拉斯卡越来越生气了。而发泄怒气的出气筒此时正好出现了，那是一只小寒鸦，他活该倒霉，飞到了这个地方。特拉斯卡飞起来去追他，啄他，最后把他击倒在地。几分钟后，特拉斯卡飞回树上，嘴上带着血。他觉得好多了，能够再集中精力思考问题了。而那只可怜的寒鸦受了伤躺在地上，等着哪一只幸运的食肉动物来结束他的生命。

特拉斯卡断定这一切和猫头鹰会议有关，他决定打听一下这块地区有关猫头鹰的消息，于是和当地的喜鹊取得了联系。那些喜鹊用敬畏的口气提到了一只年老的雪鸮——一只雪白的猫头鹰，叫作伊西德里斯。那些爱夸张的喜鹊把他叫作幽灵猫头鹰，因为他就像一个无声无息的白色幽灵，已经杀死了许多喜鹊。特拉斯卡不想听这些荒诞的话，他从那些更务实的喜鹊那里得知，伊西德里斯的家在西边的群山中，距离这地方只有一天的飞行路程。

于是，特拉斯卡把当地这些喜鹊组织起来。他们的头领软弱无能，特拉斯卡轻而易举就制服了他们。他把这些喜鹊派到当地所有鸦鹊群那里去，建立起一条从北到南的鸦鹊警戒线。特拉斯卡要让天空中日夜有鸦鹊瞭望，这样一旦叽哩克飞回来，他就能第一时间得到消息。如果他对托马尔的计划没有猜错，叽哩克一定会再飞回来的。

"他一定是想重新召开猫头鹰会议。"特拉斯卡自言自语道。想到这一点他就浑身不自在，因为如果是这样的话，那么他不仅要抓住一只灵活却微不足道的小鸟，还有更麻烦的事在等着他。

于是，特拉斯卡决定去见见伊西德里斯。他让鸦鹊布置了一个包围网，一瞭望到叽哩克就困住他，并向他报告。没有一寸天空被漏掉，叽哩克一定会被罩住。

第五章　冲出警戒

　　叽哩克一觉睡到太阳高照。等他醒来后，丰盛的食物和水已经给他准备好了。吃饱喝足后，他看向四周，寻找达里尔。就像是在回应小旅鸫心里的呼唤，达里尔从天上落下来，停在他旁边。

　　"很高兴看到你胃口好。"达里尔说，"你休息够了吗？"

　　"谢谢，够了。"叽哩克很有礼貌地回答。

　　"你的确非常勇敢，"达里尔说，"但有些愚蠢。这一路上你太容易送命了。"

　　"噢，这也没你以为的那么容易！"叽哩克说，胸部的羽毛自豪地微微耸起来。

　　"一个可怕的对手，"达里尔咯咯笑着说，"我还是把你当作朋友的好。不过你那样冒险到这里来干什么呢？"

　　于是，叽哩克告诉达里尔，他怎样逃避喜鹊的追捕、怎样见到托马尔和如何打败敌人的计划。达里尔当然知道猫头鹰会议。他们鹰族也曾经学猫头鹰那样建立了鹰族会议。过去这几年，他们相互学习对方的智慧，在需要帮助或者遇到危难时寻求对方的支持。如今，大地上强大的正义力量没有了，达里尔感到很难过。他很熟悉托马尔，十分尊重这只老猫头鹰。叽哩克向他说明了自己另外两次长途飞行的计划，以及需要达里尔和鹰族会议成员完成的任务。

"你们什么时候需要我们的援助呢？"达里尔急切地问道，这让叽哩克高兴极了。他的第一个任务完成了——他争取到了这只大鸟的支持！他告诉达里尔时间和地点，达里尔为计划所体现的大无畏精神点头称赞。

"不错，那很好，叽哩克。明天晚上我将召集各路鹰族首领开会。你当然必须出席。不过我将一直在你身边，不要害怕。我向你保证，叽哩克，在你们需要的时候，我们鹰族必到——并且会帮助你们取得胜利！"

叽哩克的请求得到这样的大力支持，他十分激动。他知道必须争取到整个鹰族会议的支持。不过在达里尔身上，他已经看到，这将是一位强有力和坚定的同盟者，他一定会信守诺言。叽哩克想到托马尔，这只老猫头鹰要是听到这个消息该多么高兴啊！可是达里尔的话打断了他的沉思。

"你应该去见见伊西德里斯，"达里尔咯咯笑着说，"他是一位重要的同盟者。"

"我听说过伊西德里斯，托马尔提起过他。托马尔说他是猫头鹰会议的聪明成员，是一位可靠的朋友。我上哪儿才能找到他呢？"叽哩克问道。

于是，达里尔开始给叽哩克讲关于这只雪鸮的事。伊西德里斯住在这块地区最陡峭的一座山的山洞里，离此地不到一个小时的路程。他虽然年事已高，但是眼睛依然明亮，脑筋转得也快。他过着单身生活，和猫头鹰会议的所有成员一样，终身没有伴侣。他最厉害的是无声飞行的本领。

"我同意托马尔的说法，伊西德里斯足智多谋，当我碰到麻烦时，经常去请教他，"达里尔说，"但愿猫头鹰会议能重新建立起来。"

叽哩克跟达里尔说他第二天会回来，然后就动身去找伊西德里斯了，他一点儿也不知道即将面临的危险。

* * *

特拉斯卡来到伊西德里斯的洞穴时，像唤仆人那样用很响的沙哑的嘎嘎声对着洞穴叫唤。他等了又等，可是没有动静。于是他跳向洞口。突然，他感到一阵刺痛，好像耳朵后面一根毛被拔下来了一样。他转过脸，可是什么也没看见。他又转向洞穴，这一回伊西德里斯露脸了，他眨着眼睛，嘴里叼着一根羽毛。

"你这样对客人太不客气了！"特拉斯卡咆哮道。

"应邀而来的才是客人，"伊西德里斯说，"而且应当有基本的礼貌。"

"对不起，"喜鹊甜言蜜语地哄骗说，"我只想和你谈谈。我太急迫了，现在我为我的鲁莽举动感到惭愧。"

毒舌头说出来的甜言蜜语！猫头鹰边思考着边走上前，直面特拉斯卡。

"你找我干什么？"伊西德里斯问道。

"听说你是这一带最聪明、最受尊敬的鸟。"特拉斯卡继续奉承说，他误以为这样就能赢得伊西德里斯的好感。

"说得好！"伊西德里斯用快活的口气说。

特拉斯卡又误把猫头鹰的自我嘲笑当作自鸣得意，于是继续讨好猫头鹰。

"这样一只聪明且知识渊博的猫头鹰，对于自己地盘的事会一无所知吗？这样一位伟大的智者，对于进入他地界的陌生的鸟，又怎会不知道呢？"

"我就知道你来了！不过你是堂而皇之来的，"伊西德里斯嘲笑他说，"你说的也许是别的鸟吧？"

"我在找一只旅鸫，叫叽哩克。我断定他被派到这里来见你了，伊西德里斯。"

"他为什么要来见我呢？你对他有什么兴趣吗？"

"他要带来托马尔的口信，托马尔住在离我住处不远的大密林里。"特拉斯卡撒谎说，"如果旅鸫把口信送到了，托马尔要我陪他回去，好让他平安回家。这世界对小旅鸫来说，真是太危险了。"

"看来是这样，"伊西德里斯继续用讽刺的口气回答，"不过我怕你要白走一趟了。因为你这个朋友不在这里，他没有来过。托马尔我很熟，却不认识什么叫叽哩克的小旅鸫。再见！"

伊西德里斯说完就让特拉斯卡走，跟刚才出现在这只喜鹊面前时一样干脆。特拉斯卡目瞪口呆，看着猫头鹰转身进入黑暗的洞穴。

难道他错了吗？如果是他错了，那么叽哩克这会儿到什么地方去了呢？不对。特拉斯卡断定这一切跟猫头鹰会议有关，伊西德里斯肯定没说真话。特拉斯卡跳进洞内，一股骨头和腐尸的恶臭钻进了他的鼻孔。他抖抖身子，继续厚着脸皮往里走，大声叫喊着：

"伊西德里斯，我还有话问你。你能给我一点儿时间吗？"

     *   *   *

正当特拉斯卡走进山洞时，叽哩克正好飞到伊西德里斯家前面的那块空地上。他停在离洞口几尺远的一个小树墩上，让自己平静下来。

"要怎么跟一只猫头鹰打招呼呢？"叽哩克问自己，因为跟托马尔见面时，是托马尔先开口的。现在，他只为自己要打扰到伊西德里斯而胆怯，所以在说话前要先把有礼貌的话想好。

可正当他觉得准备好了，要张口去叫门时，他一下子停住了。因为从洞里传出了喧闹声，先是提高了嗓门的沙哑叫声，接着是深沉的咕哝声。叽哩克本能地想找个地方躲起来，他看到洞口旁有一条小裂缝，就钻进去藏了起来。紧接着，他吃惊地看到一团黑白相间的东西从洞口滚出来，经过他的面前。

特拉斯卡站起来，抖抖羽毛，抖掉身上的泥土和蜘蛛网。他的脸都气歪了。

"你这样做就大错特错了！"他朝洞里尖叫道。

"趁我还没有改正刚才的错误，你快走吧。"伊西德里斯用威胁的口气回答。特拉斯卡自知不是伊西德里斯的对手，拍拍翅膀赶紧飞走了。

伊西德里斯慢慢地跳到洞口，看着那只喜鹊朝远处飞去。叽哩克仍然躲着一动不动。他不想再惹这只猫头鹰生气，因为猫头鹰刚跟他的一个客人闹得不欢而散！可是伊西德里斯好像感觉到了他的存在。

"你在那里面一定很不舒服。"他说。

叽哩克小心地出来，准备飞走，可伊西德里斯突然热心地说：

"你是叽哩克，对吗？不要害怕，我只对不受欢迎的来访者这样。"

"你怎么知道我的名字？"叽哩克问道。

"噢，我是刚才听说的。"猫头鹰回答，接着他把特拉斯卡来的事讲给叽哩克听。

"很显然他在说谎。"旅鸫说，"我是从大密林托马尔那里来的，你认识他吗？"

"托马尔跟我很熟，我们一起经历过许多事情。可这只喜鹊是怎么回事？"伊西德里斯问道。

"我曾逃脱过他们的追捕。"叽哩克回答说，"看来不把我们杀光，这些喜鹊是不会死心的。"

于是叽哩克开始讲他的经历，讲托马尔做出的计划。伊西德里斯认真地听着，不时地点点头。

"叽哩克，你太重要了。那些喜鹊还不知道你的使命有多重要，否则他们非杀了你不可。你的运气到现在一直很好，但到处都有监视。这只喜鹊正等着你回到东方托马尔那里去。如果你那样做，就太危险了。"

猫头鹰停了一下，抚平他的几根白色羽毛。

"你等在这里，让我四处看看。我马上回来。"

伊西德里斯不再多说，拍动大翅膀飞上天空，绕了一圈朝北飞去。叽哩克回到石缝那里，等伊西德里斯回来。不一会儿，伊西德里斯带来了鸦鹊设置警戒线守候叽哩克的消息。他们一起讨论现在的困境，定下了出逃的办法。不过他们需要鹰族的帮助。

"我跟你一起去，"伊西德里斯说，"我在鹰族会议上有许多朋友，我的话在那里还是有些影响的。"

于是旅鸫和猫头鹰动身了。他们穿过一条秘密道路，避开监视的眼睛，来到了召开鹰族会议的达里尔家。

叽哩克坚定地面对鹰族首领们锐利的目光，述说着他的故事。看着可怕的一排尖嘴和尖爪，他几乎要丧失勇气了。他的声音开始有点儿颤抖，可是讲到每一只小鸟所面临的可怕危险时，他充满激情，声音也越来越有力。由于为那么多无辜小鸟遭到杀戮而感到义愤，他的眼睛闪闪发亮；又因被选中担任重大角色，他的胸部自豪地挺起，发亮的红羽毛也耸起来了。鹰族会议的成员们认真倾听着这只小旅鸫的讲述。作为食肉动物，他们本不关心本地区小鸟的不断减少。但作为猎手，他们不允许有其他鸟类敢于同他们抗衡，因此他们无法容忍喜鹊凶残杀戮的暴行。对一只小鸟而言，叽哩克冒这么大的危险飞那么远的路，此等壮举令他们佩服不已，因此他们愿意相信叽哩克。

接着，叽哩克讲到托马尔，用不可置疑的口气肯定了老猫头鹰充满智慧的计划。鹰族首领们这才了解到斯莱金的真实面目以及猫头鹰会议解体的原因。伊西德里斯虽然是会议成员，又是鹰族的好朋友，但是没跟他们讲过猫头鹰会议解体这件事及其原委。而且他一直不与其他鸟来往，独自过着日子。他的隐居使这一带其他鸟听到的消息全是谣言，而不是事实。因此，叽哩克来参加这次会议是不同寻常的，这让大家更充分认识到此次任务的重要性，并对托马尔的计划更有信心。

达里尔接着发言支持小旅鸫，伊西德里斯也讲述了他和特拉斯卡的见面，以及他帮助叽哩克逃走的办法。他呼吁大家支持旅鸫，大家也几乎异口同声地表示了同意。

只有一只年轻的鹰表示异议。这只阴着脸的游隼离大家远远地坐着，对插手与他们无关的事表示怀疑。

"我们和喜鹊没有什么争执，他们对我们也没有什么威胁。"

"也许现在没有，"伊西德里斯回答说，"你以为他们把小型鸟杀死之后就会罢手吗？他们的目的是统治一切。接下来就会轮到你们。你们虽然身强体壮，但是在数量上没有优势。"

"伊西德里斯说得有道理，"达里尔说，"我们必须铲除这种邪恶势力。"

"我还是认为我们不该多管闲事，"那只游隼顽固地说，

"我还有家庭要照顾。"

"这正是为了你的孩子们的未来！"叽哩克叫道。

"不要再争下去了。"达里尔态度坚决地宣布，"叽哩克，你已经得到了我们全体的支持。当你需要我们时，我们会来帮助你的。"

听到达里尔这么说，大家都热烈地欢呼起来。会议结束后，鹰族首领们各自回家了。留下的几只开始商量掩护叽哩克逃走的办法。鸦鹊们正监视着整个天空。好，就给他们点儿颜色瞧瞧。这时候，达里尔把那只在会上反对众鸟意见的游隼叫了过来。

"我明白你在担心什么，杰斯帕。我们并不是轻易做出这种决定的。叽哩克说的是实话。想想那么多小鸟吧，我们的土地上将再也听不到他们动听的歌声了。"

"这我不管，"杰斯帕固执地回答，"你没看到吗？我们可以和鸦鹊们和平相处。他们对我们没有害处。"

"这话你去跟叽哩克的伴侣说吧！"达里尔厉声说，"那些小鸟对喜鹊也没有威胁，但只要喜鹊的头头愿意，就把他们全杀了。该由谁来决定可以这样干或者不可以这样干呢？我们必须自卫。"

"自卫，不错，"那只游隼问道，"但为什么得在我们家门口？因为这里我们熟悉，对我们有利？"

"就是这里。否则你想去哪儿呢，杰斯帕？"

达里尔生气地转身走开，回到叽哩克和伊西德里斯身边，他们正在仔细研究旅鸫的逃走路线。杰斯帕独自待了一会儿，然后气呼呼地悄悄走掉了。

"我不放心那家伙，"伊西德里斯说，"我想最好调整一下你原先的逃走计划，叽哩克。要转移其他鸟的注意力，避免任何怀疑，就得另找一条路让你离开。这件事就交给我去办吧，你们稍等，我马上就回来。我去找一个老朋友。"

说完，伊西德里斯就飞去执行他的私人任务了。达里尔很难相信，他的会议成员中会有鸟背叛大伙。杰斯帕小时候他就认识，杰斯帕的爸爸是一位忠诚的朋友，多次表现出勇敢精神，因此很难相信他的孩子会背叛大家。但是，他必须确保计划万无一失，于是他离开叽哩克，飞去找杰斯帕。

*   *   *

等到达里尔回家，已经是深夜了。叽哩克和伊西德里斯情绪很好，对猫头鹰帮旅鸫逃走的出色计划感到十分满意。可当他们看到达里尔脸色阴沉的样子时，一下子止住了笑。达里尔闷闷不乐，吞吞吐吐地说着话，说他跟踪杰斯帕到了喜鹊那里。这只游隼背叛了他们。他等在那里，直到杰斯帕离开，然后拦住了他。

杰斯帕承认，他把叽哩克马上就要离开的消息告诉了特拉斯卡和其他喜鹊。不过他没有泄露托马尔计划的细节，他的荣誉感使他适可而止。他觉得，如果叽哩克被捉去，那么鹰族就不用响应托马尔的号召飞去南方了。为了继续跟鸦鹊和平相处，用一只小鸟的生命去交换是值得的。

达里尔怒不可遏，立即处决了这只愚蠢的游隼。幸亏他们的计划没有被全盘托出，否则一切就全完了。

第二天天气晴朗，空中无云，一片蔚蓝。叽哩克可不希望这样，要是天气不好，对他的逃走反而有利。想到接下来又要开始一次重大的长途飞行，叽哩克十分担心，但同时又感到十分兴奋。他信任伊西德里斯，并且他在这里交到了好朋友，感到安全。他真想卸下包袱，留在达里尔身边。然而他知道安全只是暂时的，要想让大家生存下去，唯一的希望就是成功完成托马尔交给他的任务。

达里尔的到来打断了他的思路。这只红鸢要保证每个细节都能考虑周到。

"你前面有一条漫长而危险的路要走，"达里尔开导他说，"你该把时间用在吃上而不是空想上。积蓄你的力气吧，叽哩克，马上就用得着了。"

于是，叽哩克在早晨余下的时间里努力加餐，暂时忘掉了眼前繁重的任务。伊西德里斯在中午前来到这里。

"你准备好上路了吗，叽哩克？"伊西德里斯问道。

"准备好了。"叽哩克回答。

"那么你该见见我的朋友埃丝特尔了。我已经把你的情况都告诉她了，她很想见你，"伊西德里斯说，"她就在附近等着你。我们得赶紧出发，时间紧迫，那些鹰隼已经准备好他们的牵制行动了。"

当太阳升到最高点的时候，达里尔和一只老鹰飞上天空，开始盘旋。他们一起飞上去又飞下来，接着再飞上去。不一会儿，天空中又多了两只老鹰。他们的飞行舞蹈实在精彩，许多动物都停下来看他们反复盘旋，惊叹不已。

不知从哪里来了四只更小更黑的食肉猛禽。他们一来就打乱了几只老鹰的舞蹈。他们举起爪子，尖叫着朝达里尔他们扑去。几只老鹰成功避开了他们的进攻，然后组织反攻，天空中一下子战作一团。

只有在瞭望的喜鹊没有密切关注眼前的景象。这要感谢杰斯帕，是他的提醒，特拉斯卡才命令他们提高警惕，密切监视那只旅鸫的动向。不过完全不被眼前这场战斗吸引是很难的，因为这场面对这些观众来说实在太震撼了。群鹰进攻灵活，时机掌握得很好，这使观众大为折服。正当战斗变得难解难分时，又有更多的鹰隼加入到战斗中来。最多时，有二十只这样的雄鹰在争夺空中的霸权。

突然，达里尔一声令下，所有鹰隼都停止了"表演"，飞下来袭击警戒线中的鸦鹊。他们毫不迟疑地扑向倒霉的猎物，实施致命的攻击。有几只一下子就找到了目标，喜鹊在被他们的爪子碰到的瞬间就完蛋了。血和羽毛满地都是。

特拉斯卡骂天骂地。这是他万万没有料到的，杰斯帕没告诉过他。那些老鹰似乎要把他们的包围网戳出个洞来。在持续的混乱中，特拉斯卡撤退到安全的地方，眼睛一直搜索着那只旅鸫。他重整力量，开始重新布置警戒线。特拉斯卡知道鸦鹊在数量上占优势，就没那么慌张了。鹰隼们似乎也意识到了这一点，在几次分散的进攻之后，他们停止战斗，消失在来的地方。

特拉斯卡赢了，那些鹰隼输了。当然，他也损失了不少鸦鹊，可这没什么大不了的，本地鸦鹊会报复这次暴行的。对特拉斯卡来说，最重要的是——叽哩克没有逃掉。

*　　　*　　　*

一只天鹅游在清澈的湖面上。她看到了头顶的空战，可是她对此不感兴趣，只管一路悠游。她把翅膀高举成弧形，保护稳坐在她背上的那些小天鹅。她偶尔转过美丽的长脖子，把头靠到自己身上，像是要爱抚一下其中一只小天鹅。实际上她这样转过头来是要说话。

"你好吗，叽哩克？"埃丝特尔问道。

"我很好，谢谢你。"旅鸫很有礼貌地回答。他动了动，避开一只小天鹅的蹼足。

"你好好躲着，"天鹅劝他，"危险还没有过去，等我觉得安全了，会告诉你的。"

于是，叽哩克钻到天鹅和她那些小天鹅柔软温暖的绒毛里。埃丝特尔继续悄悄地游着，以免被别人看到——不过有一双眼睛正注视着他们。在上方一百尺的高空，伊西德里斯正俯视着叽哩克离开。他在他们头顶上空耐心地盘旋，警惕着不让喜鹊发现他们。幸好没有喜鹊来打扰，特拉斯卡的警戒线对这条缓慢的水路不感兴趣。

叽哩克这才得以逃出喜鹊的魔爪。他在埃丝特尔的背上舒舒服服地游过了许多里水路，直到天鹅抵达河口，他才露出头来。

"我想你该走了，叽哩克，"埃丝特尔温柔地叫他，"从这里开始，我们就要各走各的路了。我好一阵没见过鸦鹊，现在应该安全了。"

"可我怎么报答你呢？"叽哩克问道。

"只要顺利地完成你的任务，你就是我们大家的救星。"天鹅回答说，"快走吧，愿你的翅膀飞得更快。"

第六章　奇思妙计

托马尔病了几天，身体很虚弱。由于生病，他行动缓慢，捉不到猎物，已经有段时间没吃东西了。现在，饥饿迫使他离开平时的活动区域，来到一片农田边上。他知道有许多动物中了农民的圈套，死在这里。托马尔并不乐意在这里找吃的，因为这里的食物大多是危险的圈套。

他无声无息地沿着林边滑翔，始终飞得很低，避免让人看到他的身影。他的眼睛搜索着地面。他简直不敢相信自己的运气会那么好——只见一只兔子在一条小沟里俯卧着，还没死。托马尔没发觉周围有什么陷阱，那兔子显然很痛苦，痛得把背拱成了不可思议的弧度，浑身抽搐。

托马尔飞下去，落在这受罪的兔子旁边。

"小心！"那只兔子上气不接下气地说，"不要吃我，要不然你也会没命的！"

他的话还没说完，又是一阵疼痛使他浑身抽搐。

"求求你开恩，杀了我吧，"兔子求他说，"不过不要吃我。"

托马尔立刻明白了，他用有力的尖嘴戳穿了兔子的脖子。站在这具有毒的血淋淋的尸体旁边，一时间，他连饥饿也忘掉了，心思完全集中在了这个送上门的机会上。真是万幸，太有价值了，正好符合他的计划——毒药！

当老猫头鹰埋头想心事时，一支昆虫大军开始入侵那只刚死的兔子的尸体。蚂蚁和虫子开始了他们的盛宴。有猫头鹰在场，其他食肉动物不敢靠近，这对昆虫却大大有利，他们正好可以把兔子吃个精光。最后，托马尔从沉思中醒来，盯着那些在兔子身上忙得不亦乐乎的小动物看。

他几乎要大笑起来。太完美了！他高兴得飞了起来，在空中绕了一圈，精疲力竭地停在一棵树上。

"你这只老傻鸟！"他责备自己，"你连这样做都已经力气不够了！"

不过，他还是忍不住为这个新发现感到高兴。他需要时间思考，使他的计划变得更完美。多么幸运啊！他战胜喜鹊的把握更大了。

＊　　　＊　　　＊

天黑时，特拉斯卡开始怀疑自己做错了什么事情。他以为所有王牌都掌握在自己手里，现在看来，肯定是有谁出了张怪牌。他越来越确信叽哩克已经溜走了。特拉斯卡想不出这该死的旅鸫是怎么逃出他的手掌心的，可他的第六感告诉他，事实就是如此。

他照旧把怒气发泄在周围那些鸦鹊身上，然后静下来开始动脑筋。他知道再也不能拖延了，于是他叫来当地的喜鹊首领，吩咐他把警戒线再保留五天。那些鸦鹊为此十分生气。他们希望马上找鹰族报仇，但谁也不敢违抗特拉斯卡，只好同意继续监视。

特拉斯卡想，他可以回东方的大密林去，叽哩克也许会回去向托马尔汇报。不过特拉斯卡知道，这旅鸫不会再走那条路了。杰斯帕说过，他们的计划是要保护叽哩克溜到北方去。可原先的行动计划来了个戏剧性的、血腥的转变，特拉斯卡已经吃不准那只游隼说的话是否可信了。那些鹰隼曾试图从中心冲破警戒线，如果成功，叽哩克会逃出去，逃向东方，逃向托马尔家的方向。

特拉斯卡意识到，一定有谁警告过叽哩克他在这里，才让叽哩克足够大胆地再一次独自上路，去执行托马尔交代的任务。当杰斯帕对他说叽哩克会朝北飞时，特拉斯卡以为这只旅鸫会沿着原路先折回东方大密林。可现在，他越想越觉得叽哩克本来就打算直接飞向北方。情况变得越来越复杂，叽哩克的第二次长途飞行似乎已经开启。特拉斯卡感到越来越危险。托马尔的计划只会给鸦鹊制造麻烦，能阻止这个计划的喜鹊，就只有他特拉斯卡了。

"必须拦住叽哩克！"

*　　　*　　　*

托马尔知道，他现在必须冒一下险。老猫头鹰对人类的了解比任何鸟都多，他知道找年轻的人类最有希望。托马尔紧靠农田待了很久，在那里休息并且注视着周围的动静。他饿得肚子都疼了，可是依然坚持着。机会太重要了，绝不能失去。忽然，托马尔的身体紧张起来，又是害怕又是激动——一个小男孩正穿过田地，来检查他所设下的圈套。

老猫头鹰滑翔着降落到地面。当小男孩走过来时，老猫头鹰开始痛苦地、慢吞吞地向林子深处跳着走去，同时拖着一只翅膀。他无力地拍动翅膀并跌跌撞撞地走着，那个小男孩注意到了他。等到小男孩走近时，托马尔转过脸看着他，那双清澈的大眼睛里流露出痛苦和恐惧的神情。

小男孩自言自语地说："看来你不行了，老家伙。好了，不要害怕，我不会伤害你的。"

小男孩温柔地把猫头鹰捡起来。"没想到这只鸟这么重。"他自言自语地哼哼着。托马尔在他的怀里一动不动，准备一有危险，就立刻拍动翅膀逃走。可是他感觉到，这个小男孩不会伤害他。

小男孩把猫头鹰抱在怀里，他穿过田地，朝农舍走去，一时把检查圈套的事都给忘了。他在一间小木棚的门口停下来。门开了点儿缝，小男孩用脚把门缝撑大。接着，他用肩头把门顶开，走进阴暗的屋里，把猫头鹰放在一条大板凳上。

"我去给你弄点儿东西吃，你就待在这里不要动。"小男孩好心地嘱咐他。

托马尔也不想动。他的计划成功了，而且比他预期的还顺利。小男孩很快就回来了，把一只扭动着的小老鼠拿到托马尔面前，看看他喜不喜欢。猫头鹰眼馋地抓过那只小老鼠，一口吞下了肚子。小男孩似乎很高兴，又从口袋里掏出一只诱人的老鼠，提溜着他的尾巴。托马尔张大嘴巴让男孩喂他，然后呱呱叫着表示感谢。

"吃饱了吗？好，你就在这里歇会儿吧，直到身体好一些。你的这只翅膀很快就会好的。"

小男孩离开后，托马尔趁机环顾了一圈木棚，只见棚内放满了农场一年到头要用的东西。托马尔沿着板凳一步步地跳着，查看墙上钉得很结实的一排粗糙的架子。那上面有一排大大小小、形状不同的瓶瓶罐罐，瓶罐上贴着五颜六色的鲜艳标签，清楚地说明里面装的是什么、有什么用处。在一些旧瓶罐上，标签已经褪色或者剥落，于是农民重新贴上标签，以便使用的时候不会出错。

可这些标签对老猫头鹰来说显然没有用，因为他不识字。他甚至不知道橙色底上画着黑色十字或者骷髅头加上交叉骨头的图案是什么意思。托马尔看着眼前这一排排东西毫无办法，摇摇头自言自语道：

"计划想成功，到底不容易啊。好好想想吧，老家伙，总会有办法的！"

托马尔思考时，小男孩正在农舍的厨房里吃饭。他填饱肚子后，便从桌子旁边溜走，急着要再去看看那只猫头鹰。这时他才想起，那些圈套还没有查看完毕。

小男孩回到木棚，老猫头鹰叫着欢迎他。小男孩小心地伸出手抚摸托马尔的羽毛，然后开始找修复圈套需要用的东西。他找了些套索和铁丝，又从一个小冰箱里拿出几块肉和一些蔬菜，用来做诱饵。他回身走到托马尔蹲着的地方，踮起脚尖从托马尔身后的架子上取下一个小瓶子。托马尔知道，趁小男孩走近，他得赶快行动了，因为他的计划即将成功。他毫不迟疑，跳上了小男孩的肩头，轻轻地啄他的耳朵。

"你要和我一起出去吗？"小男孩说，"好吧，我想你被关在这地方也挺闷的。好，那我们走！"

小男孩说着，大步走出木棚，穿过田地。他是个结实的小男孩，可沉重的猫头鹰压在他的肩上，还是让他感到有些吃力。托马尔也意识到了这一点，于是拍着翅膀提起身子，好减轻他的重量。

小男孩和猫头鹰就这样高高兴兴地一路走到农场的边缘。小男孩把托马尔放在一个树墩上，开始做他的圈套。他首先拿开一只死松鼠，把尸体放进布口袋，接着用一小块诱人的芜菁做诱饵，放在这圈套上。最后，他打开小瓶子的瓶塞，小心地洒了几滴毒药。

托马尔仔细地看着，注意到小男孩不费什么力气就打开了瓶塞并重新塞上。小男孩回到树墩这儿，把猫头鹰捧起来放回肩上，然后吹着口哨走到下一个圈套。他们来到事先布好的圈套前时，既没有找到原先放的诱饵，也没看到被毒死的动物。显然，那只不幸的动物逃离了，可他中了毒，一定是死在林子里的什么地方了。

小男孩轻轻地骂了一声。他是个讲究实际的孩子，知道必须保护庄稼和牲口。不过他也是个好心人，情愿让落网的动物死得痛快点儿。他掏出小瓶子，放在身边的地上，把手伸进布口袋要挑出点儿新鲜诱饵。

托马尔虽然感到抱歉，可还是马上行动了。他飞下来用爪子抓住了那个小瓶子，一下子变得什么伤也没有了，拍动着他的大翅膀，飞过树梢不见了。他这样做时还回过头来，只见小男孩站在那里目瞪口呆，惊讶地看着猫头鹰远去的身影。

*　　　*　　　*

许多个日日夜夜过去了，叽哩克朝北飞向他的下一个目的地，这次他要拜会的鸟比上一次的还要可怕。一只红鸢已经够吓人的了，何况这次是一只大雕！可叽哩克知道，他没有退路，鸟国的未来全系在他的这双翅膀上。第二次长途飞行又漫长又费力，叽哩克的力气几乎快用光了。他飞了那么远，可为了逃离特拉斯卡的魔掌，他没有多少时间可以用来休息和恢复体力。不达到目的不停止的信念，以及第一个使命的顺利完成，鼓舞着他继续飞行。

在距离目的地还有不到一半路程时，叽哩克突然病得很重。传染病来势凶猛，影响了他的呼吸。他头昏眼花，胸口刺痛，只觉得翅膀沉重，即便升高一点儿也要苦苦挣扎。很快他就意识到，他再也飞不动了。

幸亏这时候他飞在一片密林地带的上空，容易找到一个地方降落下来休息。他本想赶紧找个地方安稳地睡上一觉，好消除病痛，可是病情加重得太快，根本由不得他这么奢望。病情越来越严重，他只能躺下来听任病痛折磨。有两天工夫，叽哩克神志不清，心跳加快，净做噩梦，苦不堪言。

他暴露在密林外，只盖着昏迷前弄来的一点儿叶子。这时候他非常危险，很容易就被食肉动物吃掉。不过他在神志不清时开始发出声音。这声音一高一低，响彻林子，十分吓人。这是一种不自然的古怪声音，根本不像鸟叫，使得听到这怪声的动物都不敢靠近。

叽哩克的身体恢复得很慢，他不知道已经浪费了多少时间，但他尽量吃得好一些，因为只有恢复体力才能继续飞行。他担心他的延误将使托马尔付出高昂的代价，因此他一再提醒自己，再也不能轻率地飞到可能存在的危险中去了。他飞得更加小心，尽量避免和别的动物相遇，以免泄露行踪。他已经见过他的敌人一次，不想再见第二次。不过鸟是没法隐身的，叽哩克也留下了足够让追踪者找到的痕迹。特拉斯卡是不会放过他的。

＊　　　　＊　　　　＊

特拉斯卡知道叽哩克和鹰族接触是有目的的，他认定，叽哩克的第二个使命一定也和第一个差不多。那么，叽哩克接下来会去见谁呢？托马尔无疑在找同盟者，这些同盟者一定是大地上最大、最强有力的。鹰族无疑是鸟国中的杀戮机器，不过他们的数量有限，因此对鸦鹊的威胁不大。但万一……

特拉斯卡又按逻辑往下推演了一步，这下把他自己都吓了一跳——这只旅鸫是要到大雕那里去！如果是这样，喜鹊谋划的一切就全泡汤了！不过这要叽哩克成功才行。他得马上去报告斯莱金，警告他危险正在酝酿。可这样做会不会被视为小题大做？同时他也说不准，在警告斯莱金之前，是不是要先做些保命的准备。

思来想去，最终特拉斯卡的虚荣心不允许他被一只小小的旅鸫打败。现在，他已经知道叽哩克要往什么地方去了，他得彻底消灭他。在那么长的飞行中，他一定可以追上这只旅鸫，只是追上他跟在茫茫大地中找到他完全不是一回事。特拉斯卡决定，最好是飞到这只旅鸫的前面，一旦在他的前面，就可以找一个合适的地方埋伏着守候他。特拉斯卡下定决心，于是急急忙忙吃了点儿东西，动身去追捕这只小旅鸫了。

*　　　*　　　*

托马尔待在他的巢穴里，为自己所取得的成就而感到自豪。如果能让叽哩克知道这一切就好了。托马尔很想知道叽哩克现在怎么样了，他经历过哪些危险。一直没有叽哩克的消息，这让他觉得难受，不过他对自己挑选的这只小鸟充满信心。叽哩克是不会让他失望的。

同时，托马尔也不能让这只小旅鸫失望。他的新想法会增加成功的概率，但需要仔细计划。他必须做他最擅长的事——把事情考虑周到，对各种利害一一加以权衡，然后做出决定。托马尔知道，他必须结盟，缔结一个与以前大家所知的完全不同的同盟。要这样做，得先找到能吸引盟友加入他计划的筹码。

因此，老猫头鹰花了漫长的一夜想了又想，他能拿出什么来回报盟友们的帮助呢？就在天亮前，老猫头鹰的脸上泛起了满意的笑容，他闭上眼睛睡觉了。他知道他能奉献给他的盟友什么东西了。

第七章 奇妙缘分

叽哩克继续飞行，飞过越来越漂亮的景色。密林中的幽谷让位给山脉。山边长满紫色和棕色的欧石楠，阳光照射在镜子般的湖面上，瀑布从陡峭的山崖上飞泻下来，注入无底的深渊。

叽哩克知道，快到达目的地了。原先的恐惧感已经被急切和兴奋的心情所代替，他急于见到将要拜会的鸟——大雕！他本来就觉得达里尔、托马尔和伊西德里斯了不起，甚至敬畏他们，可如今他要去拜见的，是名副其实的百鸟之王。这么渺小的一只旅鸫要去劝说那样尊贵的一只大鸟，叽哩克想想就觉得害怕。但是他对托马尔的出色计划充满信心。在他和鹰族打交道时，这个计划已经被证明是正确的，他知道，只要运气好，他能再一次受到很好的接待。

忽然，叽哩克看到远处有红色的东西一闪。他在半空中一下子停住了，脉搏跳动加快，他的眼睛拼命转动，急于想看个究竟。

真没想到！在那边荆豆丛里，在他的右边，有一只美丽的旅鸫，而且还是位姑娘。叽哩克一直以为自己是最后一只旅鸫。他已经飞过那么多地方，连旅鸫的影子也没见过。他的心高兴得怦怦跳，他兴奋地向她疾飞过去，歌唱着向她问好。就在这时候，他的一条腿一阵刺痛——一颗子弹打中了他。他很快朝地面掉下去，两眼一抹黑。

醒来后，他第一眼看到的是自己的影子，是映在一只发亮的黑色眼睛中的形象。由于疼痛，他费了很大的劲才看清眼前的东西——那只旅鸫姑娘美丽的脸。看到他恢复了神志，旅鸫姑娘松了口气。她开口说话时，温柔的声音加深了叽哩克对她的好感，他的心里一下子萌生出了爱意。

"啊，你终于醒了！你昏迷了很久。我还以为你要死了。"

"你叫什么名字？"叽哩克用微弱的声音问她。

"我叫波尔蒂雅，在遇见你之前，我一直以为自己是天底下仅有的一只旅鸫。如果那男孩把你打死了，我可真是仅有的一只了。说实在的，我真想啄出那个男孩的眼珠！"

叽哩克哈哈大笑："见到你太好了，我叫叽哩克。谢谢你救了我！"

波尔蒂雅温柔地看着受伤的旅鸫。

"你的口音很陌生，应该不是这一带的。你怎么会到这里来呢？"

"我听说你漂亮可爱嘛！"叽哩克逗她说，波尔蒂雅的脸一下子红得跟她胸前的羽毛一样，"不过说实话，这个事说来话长。"

"你的腿受伤了，反正暂时哪儿也去不了，"波尔蒂雅回答说，"再说，我一向喜欢听故事。"

她侧着头听叽哩克讲。听到他的冒险故事时，她吃惊得张大了嘴巴。叽哩克看着这只小鸟美丽的眼睛，一时忘了腿疼。时间飞一样地逝去了，当叽哩克把故事讲完时，波尔蒂雅已经热泪盈眶，她温柔地说：

"我能够帮你什么忙呢，叽哩克？"

"这个嘛，你可以给我弄点儿吃的！"

波尔蒂雅用她的爪子闹着玩似的搔搔他，接着就飞出去找吃的了。叽哩克看看自己腿上的伤，想要起身，但一阵剧烈的疼痛感袭来，疼得他喘不过气。他用力撑着那条没受伤的腿，站起身子，飞到平常的高度。那条伤腿虽然有些不听使唤，不过飞起来倒也没什么不便。可叽哩克立马意识到另一个难题——他用一条腿怎么着地呢?

"哎呀,"他说,"飞上来总得落下去啊!"

于是,他慢慢地滑翔到波尔蒂雅原先找到他的地方。他降落的样子有些狼狈,不过总算没让那条伤腿再出毛病。他得意地看着为他叼了满嘴虫子的波尔蒂雅,可波尔蒂雅的眼睛却闪着生气的亮光,她把虫子吐在地上,把爪子握起来,狠狠地警告叽哩克。

"你在开什么玩笑,你这只傻旅鸫?你以为我花时间关心你,是要看你发疯,把那条好腿也摔断吗?你的伤腿复原可需要时间!"

"问题就在这里,"叽哩克激动地回答,"我没有时间。我必须赶紧飞去完成使命。还有那么多事情要做,还有那么多生命要靠我才能得救。"

波尔蒂雅听了叽哩克的回答,安静下来。"你的确是只不同寻常的鸟,叽哩克,"她温柔地说,"请原谅我,我只是太担心你了。"

她走近叽哩克。他们默默地坐在一起,身体轻轻贴着,头微微靠拢。波尔蒂雅开始跟叽哩克讲她的一生和遇到过的危险。在这方土地上,喜鹊的破坏和南方的同样厉害。

朱顶雀、鹪鹩和黄雀全都被消灭了，其他品种的小鸟也只有少量还活着。波尔蒂雅亲眼看到她的全家被屠戮殆尽，也知道附近几十只旅鸫是如何被野蛮的喜鹊杀害的。这些恶鸟并不在这里生活，但他们是有组织地入侵，在群山中劫掠、屠杀和破坏，无恶不作。

波尔蒂雅曾多次遇到危险，也不止一次在千钧一发之际逃脱险境。她的家人比大多数旅鸫有活力，是旅鸫中的精英。可是这些恶鸟一来，不管精英不精英，都同样逃不过死亡。她的爸妈也不例外。

十几只大喜鹊才对付得了像她爸妈那样勇敢无畏的旅鸫。她的爸爸在战斗中壮烈牺牲了，她的妈妈为了保护女儿也牺牲了。多亏了她的妈妈，波尔蒂雅才大难不死。在告诉叽哩克自己怎样逃脱之前，她想到了当时的情景，伤心得连话都说不出来。

她一个劲儿地哭，叽哩克用他的翅膀紧紧地抱住她。直到他们都没了力气，一起很快睡了过去。他们睡着时，波尔蒂雅千辛万苦捉来的那些虫子悄悄地爬走，逃过了一劫。

*　　　*　　　*

特拉斯卡拼命地飞，很少休息。他来到高地，威胁当地的鸦鹊，迫使他们服从他的指挥。有一只桀骜不驯的鸦鹊领袖和特拉斯卡对抗，不满他这位外来者发号施令。这只邪恶的喜鹊便把这只鸦鹊首领撕开，折断他的翅膀，啄去他的双眼，以此来向其他鸦鹊显示他的力量和凶猛。于是这群鸦鹊散布消息，说特拉斯卡是不能违抗的。

特拉斯卡在当地收集叽哩克的消息，并询问有关大雕及其首领的事。所有的喜鹊都说出了同一个名字：斯托恩——那只大金雕。他们恨他入骨，因为那些大雕在他的领导下，跟当地的鸦鹊作对。特拉斯卡于是更加坚信，那些大雕的确是叽哩克的盟友，无论如何也不能让叽哩克到达这只大金雕的巢穴。

特拉斯卡在斯托恩所在的山谷南边布置了瞭望哨，嘱咐鸦鹊一发现旅鸫就立即报告。他凭地形判断，叽哩克肯定会走这条路。特拉斯卡挑选了当地飞得最快又最凶猛的喜鹊帮助他伏击这只旅鸫，还安排了其他喜鹊和乌鸦做后卫，保护主力不受雕群攻击。圈套已经设置好，现在他们要做的，就是等候那只该死的旅鸫自投罗网。

*　　　*　　　*

特拉斯卡原来的那帮喜鹊被斯莱金派去筹备大宴

会——一场在秋天举行的年度盛会，这时候人类正在庆祝他们的丰收，许多动物还没开始他们漫长的冬眠。选出一年的这个时候来办宴会，是因为喜鹊有丰盛的食物。每一届大宴会都胜过上一届，今年更是吸引了全国各路鸦鹊。这是一个庆祝喜鹊加速统治鸟国的盛会。斯莱金一向欣赏这种大宴会，因为作为领袖，他会受到大家的逢迎拍马，这将大大满足他的虚荣心，同时他还有机会请追随者们观看娱乐节目。去年的"拍打歌鸫"节目效果非常好，那种残酷血腥的场面作为狂欢宴会的高潮非常合适，而且也达到了消灭最后一只歌鸫的目的。

不过今年，斯莱金已经想出了更激动人心的节目，这会给他带来十足的成就感。斯莱金让特拉斯卡的部下向全境发出大宴会的邀请，他相信到会者的数量之多将是空前的，特别是当大家知道今年预备的是什么节目的时候。

这些使者把各地区的鸦鹊中最坏、最恶毒、最残酷的那些召集到斯莱金的巢穴中，现在那里挤满了野蛮、恶毒和坏透了的鸟。斯莱金让他们等在那里，他们还不知道自己将参与什么计划。他们喜欢打斗，就在等待的那么一小会儿时间里，有一两只小点儿的喜鹊就没能活到斯莱金来的时候。

最后斯莱金来了。他把这些鸦鹊召集到一起，大致说明了他的计划。他要把猫头鹰会议的所有成员捉来，从"大猫头鹰"塞里瓦尔开始。他将羞辱他们一番，然后处死他们。这将是鸦鹊们今年大宴会的节目。这一年，他们终于铲除了全境的小鸟，可以尝尝大一点儿的猎物的滋味，顺便看看打败聪明透顶且看似了不起的猫头鹰有多么容易。

猫头鹰会议的十二只猫头鹰被所有鸟奉为权威。解散猫头鹰会议对斯莱金来说，是实现全面统治至关重要的条件。斯莱金见过他们行动，知道他们的力量。只有彻底消灭猫头鹰会议，才能让他觉得安全；只有猫头鹰被真正打败，才没有任何势力可以阻挡他。

就这样，像一个农民开始收获那样，斯莱金派出了他的手下去收割"好庄稼"。会议成员中的六只猫头鹰很快就被他的魔爪控制了。

* * *

叽哩克和波尔蒂雅在日出时双双醒来。起先，他们谁也不想放弃舒服的姿势和对方温暖的身体，可他们的肚子确实饿了。波尔蒂雅飞出去寻找食物。叽哩克在附近找吃的，他找到了一些美味的浆果，外加几条昆虫。

他们回来时都填饱了肚子，接着在波尔蒂雅的鼓励下，叽哩克小心翼翼地来到小溪边，喝了点儿水，并用清澈凉爽的水洗了个澡。他们两个在水里嬉戏玩耍。叽哩克由于腿有伤，不时地出洋相，他四仰八叉地倒在水面上，引得波尔蒂雅不禁尖声大笑。

温暖的阳光很快就烘干了两只旅鸫的身子，接着他们两个坐下来聊天，彼此都急切地想要知道关于对方的哪怕最小的事情。他们有那么多话要说，谈得入了迷，直到天黑才想起来要去见大雕。他们像做错了事似的心生愧疚，决定再在原地待上一夜，等天亮再去。

当他们紧挨着坐下时，叽哩克问波尔蒂雅："你对那些大雕了解么？"

"自从喜鹊开始做坏事，大雕就一直是我们的保卫者。要不是他们，我们早就死光了。斯托恩是他们的领袖，是一只个子大、强壮有力的大金雕，而且既善良又聪明。"

"你认识他吗？"叽哩克问道。

"嗯，认识。我父母遇害的时候，正是斯托恩救了我。"波尔蒂雅微笑着回答，"他要是再早点儿来就好了，可命运往往就是这样。他当时为了制止那些喜鹊的暴行，正在这片地区巡逻。在他的指挥下，所有大雕都成了我们的保卫者，没有喜鹊敢同大雕对抗。不过，在斯托恩知道喜鹊的企图前，喜鹊已经犯下了许多血腥暴行。我和家人遇到一群喜鹊袭击时，斯托恩正在北边解救一对被喜鹊袭击的黄雀。对于那场灾难，我感同身受，我不想黄雀死，哪怕以我全家的生命作为代价。后来的结局是，至少在我们这片区域，除了我再没有别的旅鸫活下来了。"

"你为什么不早点儿告诉我呢?"叽哩克问道。

"我不想你太急着离开，"她淘气地回答，"再说，我想让你大吃一惊。"

"真是太吃惊了。"叽哩克说，"有你在我身边，我把那些大雕争取过来没有问题。"

"肯定没有问题，尽管斯托恩那么强大。就算没有争取到大雕，你至少把我争取到了。"

波尔蒂雅咯咯笑着，用她的嘴亲了亲叽哩克的脸颊。接着两只旅鸫靠在一起，长谈到深夜。他们顾不得睡觉，商量接下来要做的事。他俩都知道，离危险过去还早着呢。

*　　　*　　　*

"大猫头鹰"塞里瓦尔第一个被捕。他对于曾经的学生的背叛一点儿也不感到吃惊，并且对前来拘捕他的二十只喜鹊也没有什么反抗。这让那些想打上一架的喜鹊大失所望，只好在把他押送往斯莱金巢穴的路上，尽情地用凶恶的嘴啄他，嘎嘎地嘲笑他。

等到被捕这件事平息下来，塞里瓦尔开始猜想斯莱金的打算。猫头鹰会议有多少成员能活下来面对斯莱金的羞辱呢？可能是全部，他猜想。斯莱金要手下把所有猫头鹰活着带给他，这一点塞里瓦尔十分确定。

回到斯莱金巢穴的路程是艰苦的，那些喜鹊恨不得在这只老猫头鹰疲倦时杀了他。可他们接到指示，知道不照办会受到什么惩罚。最后，喜鹊们把"大猫头鹰"带到了黑暗潮湿的沼泽地里的隐蔽处，让他和他先前的学生、如今最大的敌人见面了。

"好啊，老家伙！我听说你没怎么还手。"斯莱金嘲笑道。

"这是不公平的战斗，"猫头鹰回答说，"不是一对一，不是你和我。"

这时候，斯莱金的手下挤上来想保护他们的首领。

"你干出这种肮脏勾当，是自以为了不起呢，"塞里瓦尔说，"还是太胆小了？"

"把他带走，好好看着他！在我准备好对付他之前，不要动他一根毫毛。到时候，老家伙，你会为你说的这句话付出高昂代价的！"

*　　　*　　　*

是波尔蒂雅对危险的直觉挽救了两只旅鸫的性命。

那天早晨他们动身了，急着去见斯托恩。叽哩克十分乐观，一路上兴高采烈。现在他有了波尔蒂雅，一切都美满了。叽哩克飞在她身边，心不在焉，一心做着美梦，对外界一点儿也不警惕了。好一阵子，波尔蒂雅的心情也跟他一样。天气很好，景色迷人，两只旅鸫的心中洋溢着爱情。

波尔蒂雅突然看到远处的第一只喜鹊，马上做出反应。她收起翅膀，像块石头一样落到地上。叽哩克本能地跟着她落到地上，并不知道波尔蒂雅为什么这样做。着地时，他的伤腿撞得很厉害，他赶紧跟着他的伴侣跳着跑进浓密的欧石楠里躲了起来。而波尔蒂雅的眼睛一直没有离开过空中那只要命的喜鹊，好在他们跑得及时，没有被发现。

可是危险还没有过去。转眼间，另一只黑白相间的喜鹊跟那只喜鹊会合了，准确无误地向叽哩克和波尔蒂雅紧急降落的地点飞来。两只喜鹊在上空盘旋了不知多久，叽哩克和波尔蒂雅一动也不敢动。最后，第一只喜鹊呱呱大叫一声飞走了，紧接着第二只也飞走了，消失在斯托恩所住的那个山谷的方向。

"太险了！"叽哩克说，"噢，我怎么这么傻啊！幸好这次我们走运。"

"他们一定发现我们了，"波尔蒂雅充满疑惑地说，"可我不明白，他们为什么不袭击我们呢？他们刚才已经看准了我们的位置，这样飞走是为什么呢？"

"噢，我明白了，一定是这样，"叽哩克说，"是特拉斯卡！"

波尔蒂雅一听到这个名字就浑身一震。叽哩克想起在达里尔那里，特拉斯卡为了抓他曾设过警戒线，他明白特拉斯卡已经赶到他前面，甚至已经在某个地方埋伏好等着他了。他绝望地哭了起来。

"我们还没完成任务，"波尔蒂雅安慰他说，"这的确很困难，叽哩克。他们正监视着天空，等着我们。"

"我知道，"这只勇敢的旅鸫回答说，"如果没有别的办法，我们就走着过去。"

"可你的腿……"波尔蒂雅的语气里充满了紧张和关心。

"我会带上它的——这条断腿。"叽哩克轻松地开玩笑说，"现在走吧。我们必须出发，不能再耽误了。"

*　　　*　　　*

斯莱金每捉到一只高傲的猫头鹰，就意味着他的宴会场面会热闹一分。当猫头鹰们一只一只被带上来，规规矩矩地站在他面前时，他狂喜得大叫，尽情地嘲笑和羞辱他们。很快，有六只已经在他的掌握之中了。他害怕猫头鹰会议胜过任何东西。只要没有了"大猫头鹰"，猫头鹰会议就再也不能召开了。

这些猫头鹰，斯莱金心中早已挑选过。在这十二只当中，他先把最强壮、最年轻的挑了出来。他们是一群武士。他需要时间来夺走他们的灵魂，彻底制服他们。虽然有几只猫头鹰英勇地抵抗了一下，但他们绝不是大批喜鹊的对手。没问题，斯莱金断定，只要把这些猫头鹰关起来，就能消除大部分威胁。剩下来的猫头鹰不是老的就是弱的，他们成不了气候。他会胜利的，他的光荣时刻就要到了。

第八章　兔洞遇险

　　就在特拉斯卡开始收网前不久，叽哩克和波尔蒂雅绝望地抬头看着成群的喜鹊飞过，降落到他们后面。接着，追捕者们散开来，而特拉斯卡就等在山谷里，像一只蜘蛛待在蜘蛛网的中心。有一对喜鹊守在半空中，监视着，等待着，以防旅鸫从隐蔽处出现。

　　叽哩克和波尔蒂雅徒步走着。叽哩克那条伤腿越走越吃力，他只能尽力忍住疼痛。喜鹊们非常警惕，不会让任何小鸟逃出他们的圈套。

　　"我们绝不能死在这里！"在这种极端困境中，叽哩克没有丧气，"我们一定不要泄气！"

　　"我们会找到出路的，我的宝贝。"波尔蒂雅回答，尽力鼓励她的伴侣。

　　"不过我们得隐身才能逃出去，"叽哩克说，"不然，我们就得要点儿滑头，像埃丝特尔帮我逃走的那样。"

"你想出什么办法了吗?"她满怀希望地问道。

"这只是一个想法。"他回答说,"波尔蒂雅,亲爱的,你怕黑吗?"

"不怕。"她勇敢地回答。

叽哩克继续说下去:"那么一切全靠天黑了——天黑和兔子粪。"

波尔蒂雅和叽哩克尽快前进,寻找能使他们脱险的种种机会。时间一分一秒地过去,喜鹊离他们越来越近,波尔蒂雅不禁害怕起来。

"挺住,"叽哩克鼓励道,"相信我,我们会活着出去的。"

突然,波尔蒂雅看到了什么,她的眼睛激动地闪亮着。"那边!"她叫起来,叽哩克赶紧"嘘"的一声阻止了她。

"瞧,叽哩克,"她压低声音激动地说,"我想我们也许找到办法了。"

正如叽哩克希望的那样,他们找到了一堆紫色的蛋形兔子粪。

"好,我们快找到兔子洞躲进去,没时间浪费了。"

两只旅鸫放眼朝四周看,寻找能带给他们安全的兔子洞。波尔蒂雅眼尖，首先看到了。不远处出现了一只褐色兔子的脑袋，他正竖起耳朵聆听可能预示危险的声音。接着，兔子慢慢地从洞里跳出来，跳到附近一丛可口的蒲公英处。叽哩克和波尔蒂雅按捺住急迫和孤注一掷的心情，小心翼翼地靠近那只在吃蒲公英的兔子。兔子忽然坐在他的后腿上伸直身子，耳朵竖了起来。

"对不起，打扰了！"波尔蒂雅吱吱地说，"请不要出卖我们！"

兔子用疑惑的眼神看着这两只旅鸫，接着他注意到他们身后的情景。四只追踪的喜鹊已经到达叽哩克和波尔蒂雅刚才藏身的林子边上，正恶狠狠地搜寻他们的藏身处。

"快跟我来！"兔子指挥说，"不过要小心隐蔽。如果穿过高一点儿的草丛回去会更好，这样他们就看不到你们了。"好心的兔子边说边跳着悠闲的步子，装出根本没在意那些追捕的喜鹊的样子，两只旅鸫尽可能小心地跟在他后面。他们的神经紧张得都快要绷断了，最后终于来到兔子的洞口。可就在这时，一只喜鹊惊恐地大叫一声，叽哩克和波尔蒂雅一下子僵住，以为被发现了。然而他们运气好，那只倒霉的喜鹊只是撞上了蜇人蚂蚁的窝，他痛得呱呱大叫，浑身抖动，想要把羽毛上的那些小虫子抖落掉。

利用这个骚乱，叽哩克和波尔蒂雅赶紧跳进黑暗的兔子洞，跟在他们后面的兔子转身就把洞口堵住了。真幸运，他们没有被发现。兔子带着两只旅鸫走进一条长长的地道，来到一个宽阔的地下大厅。这么大的地方让叽哩克大吃一惊，他向这位新盟友转过身来。两只旅鸫都没有跟兔子打过交道，没有经验。平常兔子的身影见过很多，他们总是悠闲地跳着跑过山边，或者一有什么危险信号就急急忙忙奔回兔子洞。对叽哩克和波尔蒂雅来说，他们都是第一回跟一只兔子面对面地站在一起。叽哩克看着兔子，兔子动动胡子报以微笑。天啊，那小胡子真迷人啊！还有那长耳朵！不过兔子的牙齿让叽哩克最着迷！它们又长又好看，从上颚伸下来，白得出奇，上面还沾着他刚嚼过的植物的汁液。叽哩克猛然发现自己只顾着看，忘了该有的礼貌。

"你帮了我们，太感谢了！"他说，"我叫叽哩克，她叫波尔蒂雅。我们的性命都是你救的。"

"我从来都不知道，旅鸫是在地上走的鸟。"兔子开玩笑地说，"我叫奥利弗，很高兴能帮上你们的忙。不过请告诉我，你们两个到底做了什么才会被这样追捕呢？"

叽哩克把事情一五一十地告诉了他，出乎意料，奥利弗倒表现得十分平静。他是个乐天派，微笑好像随时要从他的唇间流露出来。当叽哩克讲到他来找斯托恩的目的时，兔子的脸却阴沉了下来。

"在我的洞里不要提这个名字。雕可不是我们兔子的朋友！"奥利弗说。

"不要说雕的坏话，他们可是好鸟。"波尔蒂雅说。

"显然，那些雕不吃旅鸫。"奥利弗苦笑着说。

＊　　　＊　　　＊

"你们追丢了他们，这话是什么意思？"

特拉斯卡盘问在他面前缩成一团的两只倒霉的喜鹊，一听到旅鸫奇迹般地消失不见了，他暴跳如雷。

"我们也不明白。我们看见他们在地上，觉得十拿九稳要捉住他们了。他们已经被我们包围了，是没有办法逃脱的。可是……他们一下子不见了！"

这只喜鹊蹦跳着，拼命说了一通，指望特拉斯卡能接受他的解释。可是只要看一眼盘问者的恶毒目光，就知道这只喜鹊的处境了。特拉斯卡容不得失败，对于失败带来的愤怒，他需要马上发泄掉。因此，特拉斯卡一声不响，转身飞上了空中。这令周围所有的喜鹊都大惑不解。不过，随着特拉斯卡的身影在地平线那边消失，他们呱呱大叫了一阵才松了口气，一时紧张的气氛终于缓和了下来。

特拉斯卡飞走时，内心一片翻腾，生气、失望、苦恼和激愤在他心里翻滚，再加上一些更卑劣的情感。这一回用暴力发泄是不够了。特拉斯卡的眼睛急切地朝下面看去，侦察他的猎物。他越来越激动，简直快气疯了。

就在这时候，他看见了她。她独自一个，快快乐乐，对周围的一切毫不在意。这只喜鹊姑娘在洗澡，旁若无人地轻轻唱着歌——一个大自然的孩子，和她周围的环境十分和谐。特拉斯卡从未见过这么美丽的姑娘，心中顿时燃起一股冲动之火。无须正式的求偶，他想怎样就怎样，他才不管这样会不会给这只喜鹊姑娘带来伤害和痛苦……

特拉斯卡向她扑下去，占有了她。她吓得大叫，痛苦得大哭，但根本反抗不了强壮有力的坏蛋，很快就被吓蒙了。

等到这只叫卡佳的喜鹊姑娘恢复神志，就只剩下她孤零零的一个了。她肉体上的伤虽然可怕，但她更不能接受那些暴行。从出生到现在，她都只知道善和美，如今却被恶永远地毁了，她不会忘记他的，仇恨的种子已留在她破碎的心里。

*   *   *

两只旅鸫吃得很好，地洞里多的是多汁的蠕虫。当他们再见到奥利弗时，叽哩克忙不迭地要他帮忙。于是，兔子负责带路，领他们穿过兔子洞的迷宫。地下通道布满山体内部，一直延伸到斯托恩所住的山谷的那一边。

"你们甚至不用回到地面，在地下就能走到那只大雕的住处。"奥利弗夸耀说，"不过我们不敢到那里去，这简直是自投罗网。那些大雕的眼睛甚至比他们的嘴还尖！"

"我们必须马上到那里去。没有大雕们的帮助，我们的计划就不会成功。"叽哩克说。

他们穿过地下迷宫的路程比预想的短，不过要是没有经验丰富的向导，他们非迷路不可。好几次他们来到岔道，奥利弗只是停一停，就知道该往哪边走了。

"到了。"当来到一条又窄又陡的地道时，奥利弗说。地道尽头有久违的亮光。叽哩克和波尔蒂雅渴望地看着地道尽头，在待了那么久的封闭空间后，他们急于要到外面的空旷中去。

107

"小心点儿，不然你们会走到死路上去的！"兔子警告他们说。

　　"别担心，"波尔蒂雅回答说，"我们经历了那么多危难，到头来可不是为了成为一只饿雕的饭食。"

第九章　初见金雕

　　当叽哩克来到大金雕面前时，立刻就被斯托恩的身形震住了。这只大雕在他那类鸟中也是风姿卓绝的。从嘴到尾巴整整有一米长，棕色的羽毛非常光亮，头和脖子是闪亮的金色。他的嘴巴弯得吓人，很有力量。可是他目光慈善，平易近人，他像接待贵宾那样接待了这两只旅鸫。

　　叽哩克告诉斯托恩他们两个一路来的情形，以及他们这么远飞来这里的目的。斯托恩对叽哩克的胆识大为赞赏。当叽哩克讲到他勇敢地逃脱喜鹊的追捕时，斯托恩放声大笑，高声大叫。听说特拉斯卡把他们追到他的家门口时，他沉默下来，像是在考虑该怎样最好地欢迎他的另一位"客人"。可是听到猫头鹰会议时，斯托恩认为他目前最好的办法就是不行动。跟这种敌人全面交锋的时间还没到，如果托马尔的计划实现，战斗的机会多的是。

　　斯托恩很小心谨慎。他是这块土地的主人，确信自己在这块土地上拥有最高权威。但是他一次也没有冒险越出这块高地的范围。虽然为了寻找食物、巡视天空和保卫小鸟，他也曾飞过许多土地，不过这些土地的地貌全都相似。斯托恩觉得叽哩克非常了不起，叽哩克的飞行经验比自己丰富得多，他真心佩服这只勇敢的小旅鸫。

他没有冒险越过这块高地，原因有两方面。一方面，他不想离开自己的家，怕它失去了守卫；另一方面，到了一个陌生地方，他担心雕群不能利用那里的地形取得优势。斯托恩的嗉囊里有一种想呕吐的感觉。他不怕任何鸟，在一对一的战斗中他能打败任何一只鸟。可是，如果一种动物能策划这样残酷的种族灭绝大屠杀，必然是阴险恶毒的——斯托恩觉得这种动物简直没有资格再被称为鸟。

斯托恩对喜鹊在他家门口的杀戮感到愤怒和憎恨，听到整个鸟国遭到破坏和陷于绝境时，他的这种感觉就更加强烈了。他觉得托马尔的计划很不错，他和他的雕群必须承担起责任，帮助他们完成任务。因此，他抛开了疑虑和担心，表示坚决支持旅鸫。

叽哩克再一次充满感激之情。幸运女神眷顾着他，在为托马尔的计划争取至关重要的支持这项工作上，他两次都成功了。这只大金雕甚至可以说比达里尔更加热心。叽哩克已经争取到两大同盟，他对完成最后一次重要飞行充满信心，他坚信到时能集结三支大军，满足托马尔的需要。

大金雕和两只旅鸫在炎热的天气里融洽地谈了一整天。这只大金雕是一位说一不二的领袖。他不用什么会议来批准自己的决定。决定一旦做出，其他大雕就会执行。

波尔蒂雅和斯托恩在交流时，叽哩克正在考虑他的下一步行动计划，他还有很远的路要飞。第三次长途飞行的路途可能最长，他需要有个伴儿。这时候，他忽然担心起来，波尔蒂雅会跟他一起去吗？

* * *

大密林里，托马尔正挂念着叽哩克，已经很久没有这只旅鸫的音信了。这么小的一只鸟，他能坚持下来吗？能完成交给他的任务吗？托马尔拍拍他的大翅膀，他还有许多事要操心。他在农场里成功地获得了那些毒药。

托马尔的想法本来十分完美，如今却出现一个棘手的难题。一只猫头鹰怎么跟昆虫交流呢？当然，鸟类和昆虫有一些共同语言，这是由于他们有共同的敌人——人类。互相交流，警告对方危险的逼近，这种互助符合所有动物的共同利益。可是他们又各有各的语言，而且昆虫和鸟类遭遇的人类威胁并不完全一样，因此到现在为止，昆虫并不十分愿意跟鸟类交往。

托马尔的思绪回到过去的黄金时代，那时猫头鹰会议拥有鸟国的全部精英。会议的每一位成员都因为有特殊才能而被选中，他们把自己的才能贡献给大家。比如"大猫头鹰"塞里瓦尔——会议的领袖，就是最有智慧的。另外有一位被选中，是因为她具有大量关于其他野生动物的知识。她的名字叫凯特琳，是一只小猫头鹰，小个子与这样重大的会议好像不太相称，不过这掩盖不了她的价值。作为一个联络员，她把会议的精神传达给四面八方的动物，她与其他动物的交往接触使她获得了不少有用的信息。托马尔想到了凯特琳可以给他做翻译，他的脸上露出了喜悦，可是喜悦一下子就消失了。

"面对现实吧，"他对自己说，"根本没办法找到凯特琳。"

这只小猫头鹰居住的森林在南边几百里外绵延起伏的高地上。托马尔咒骂自己年老体弱。他的心可以包容整个世界，可是他的肉体走不出他自己的家园。托马尔如此迫切地需要凯特琳，可她好像游离在他的世界之外。老猫头鹰得想别的办法。也许新的一天会带来新的希望、新的思路。

*　　　　*　　　　*

六只猫头鹰被轮流带到了斯莱金的面前。把他们捉来后，这只恶毒的喜鹊把他们分开单独关起来。他们受到狱卒的虐待，饥饿和伤害使他们非常虚弱。斯莱金戏弄他们，嘲笑他们的尴尬处境，贬低猫头鹰会议的力量。他咒骂猫头鹰们是傻瓜，嘲笑他们空想改良社会，到头来却落到他的手里。对于这样有才华的他，他们有什么办法呢？当他实行他那了不起的计划时，猫头鹰会议又能向鸟国提供什么保护呢？

这些猫头鹰站在他面前，有的垂头丧气，有的表示蔑视，却个个无能为力。想到这一点，犹如受到肉体的创伤一样，他们痛苦万分。更让他们气愤的是，斯莱金受过他们的指点，是他们亲手"培养"出了这个穷凶极恶的敌人。

就这样，这只喜鹊一边折磨猫头鹰们的肉体，一边践踏他们的灵魂。斯莱金很满意，他的计划正在一点儿一点儿地实施，像准确的发条装置一样。他是不会犯错误的，他简直就是一个天才！

　　　　　*　　　　*　　　　*

　　当叽哩克和波尔蒂雅离开斯托恩时，他们决定还是走兔子当初带他们走的那条通道。同时，他们和斯托恩做了约定，让斯托恩答应不再伤害兔子。这只大金雕听说兔子帮了两只旅鸫的大忙，就保证以后不再捉兔子了，而是到远一点儿的田野上去找食物。叽哩克和波尔蒂雅断定，兔子们在得知自己安全的消息后，一定会很高兴。

　　叽哩克知道，波尔蒂雅建议走地道是对的，地道能让他们更安全地离开。如果特拉斯卡和他的那些手下坚持在这个地区搜索的话，奥利弗会很容易给他们找到另外一个合适的出口。不过叽哩克对再次走进地道还是有点儿不安，幸亏他们有向导。他们一进地道，奥利弗就出现了。他们正要欢呼问好，可话到嘴边又咽了下去，因为兔子的样子显得很焦虑。

　　"那些喜鹊在地道里！"

　　两只旅鸫目瞪口呆。奥利弗告诉他们，那些喜鹊一直在这一带搜索，他看到有好几十只黑白相间的鸟进入了地道，到处寻找线索。

　　然后，奥利弗就看见一只喜鹊出现了，在指挥搜索工作。奥利弗猜测，这一定就是那只把叽哩克追遍整个鸟国的喜鹊。特拉斯卡也许猜到了两只旅鸫是怎么不见的，不然就是运气太好了，不管怎样，他让他的手下把注意力转到兔子身上。他们追赶一只小雌兔，把她团团围住。几只大鸟气势汹汹地包围她，开始啄她。

那只小雌兔无力抵抗，受了重伤，只好告诉了他们旅鸫是怎么逃脱的。特拉斯卡立马向鸦鹊们下令，要他们钻进兔子洞。幸好奥利弗反应快，他组织了几只年轻力壮的兔子挡住鸦鹊的去路，同时派出一大队兔子去堵住地下迷宫里的所有重要通道。奥利弗调兵遣将，安排好这些后，就全速奔来告诉叽哩克和波尔蒂雅他们面临的危险。

叽哩克和波尔蒂雅马上回到斯托恩那里。大金雕关切地听着兔子们遇险的事。

"这次非惩罚他们不可，就当作是对未来要做的事的一次演练吧！"

说着，大金雕飞出去召集能对抗喜鹊的攻击力量了。叽哩克知道他可以趁机离开，然后向东开始他的最后一次飞行。但眼下，两只旅鸫都想留下来见证这场战斗的结果，说不定他们还能帮上点儿小忙，况且有那么多喜鹊在这里，他们也走不掉。于是，他们跟着雕群一起飞上天，那些大雕像箭一样笔直地飞向他们的战场。

*　　　*　　　*

鸦鹊们在地道里一无所获，失望地互相争吵了起来。有几只兔子遇害，还有一些受了重伤。由于兔子是在自己的地盘，而鸦鹊完全是在陌生的地方，时间一久，鸦鹊们就无法忍受黑暗和封闭的空间了。

"我已经受够了，"一只喜鹊不满地说，"我这就到外面去呼吸新鲜空气，那儿才是我该待的地方！"

大多数鸦鹊赞同他。很快，所有入侵者开始向后撤退。不过特拉斯卡正守在洞口，一看到他们出来，他就猛地扑向最前面一对想出洞的鸦鹊。然而，其他鸦鹊还是冲出了兔子洞，兴奋地飞上天空了。在地下兔子洞里受了那么多罪以后，他们终于享受到了自由的空气。

正当这些鸦鹊兴奋之际，他们却遭到了不知从哪里来的雕群的无情攻击，根本无力抵抗。单打独斗，鸦鹊根本不是大雕的对手。战斗很快变成了鸦鹊的大溃败，随后又变成了一场屠杀。

幸亏特拉斯卡狡猾，有自我保护的意识，他看到鸦鹊

116

们一眨眼变成了被猎者后，马上躲进兔子洞，避开了空中进攻者的利爪。一进兔子洞，他就变得毫无主意了。那么多通道，他只好见路就走，也不管走到了什么地方。他已经不再关心旅鸫，只顾自己逃生了。

地洞里缺少空气，特拉斯卡逃得气喘吁吁。过了好一会儿，他才放慢脚步，思考了一下自身的处境。在听不到追捕的声音后，他休息了一会儿。现在他完全迷了路，只能胡乱瞎走，但愿能找到正确的路走出这个迷宫。

叽哩克和波尔蒂雅看到特拉斯卡逃进了兔子洞。斯托恩从战斗中脱身，站在洞口检阅他的胜利成果。鸦鹊几乎全军覆没，活下来的几只在拼命地逃窜。斯托恩发出停止进攻的号令，随后雕群便停止追赶逃兵，自豪地飞回他们山中的家了。

斯托恩还是逗留了一会儿，他知道这场战斗之后，叽哩克就要开始第三次飞行了。而叽哩克呢，他刚为战斗的结局放下了心，却又开始担心会失去他心爱的伴侣——波尔蒂雅。到现在为止，她所说的和所做的都证明她是爱他的。那么她会离开家乡，和他一起面对难以预测的危险吗？

波尔蒂雅觉察到叽哩克的苦恼，直觉告诉她，他在担心什么。

"我永远不会离开你，亲爱的。"

叽哩克和波尔蒂雅终于可以在光天化日下飞行，再也用不着在地道里行走了。斯托恩陪着他们降落到地面，去跟奥利弗告别。一看到大金雕，这只兔子紧张得不知所措，差点儿钻到了地洞里。波尔蒂雅微笑着向兔子介绍斯托恩，并告诉奥利弗大雕所做出的承诺。斯托恩点点他那硕大的脑袋表示确认，接着他转向叽哩克。

"一路小心，我的小朋友！"斯托恩说，"不要担心，我将在这兔子洞的出口处派雕看守。如果那只该死的鸟傻到胆敢到我的领土上来，他会受到'热烈欢迎'的！"

"谢谢你，"叽哩克说，"谢谢你帮了我的大忙。那么再见了！"

"我们知道再见的时间和地点，"大金雕回答说，"我们会去的，不用担心！"

于是，叽哩克和波尔蒂雅转过身，根据太阳的位置定出方位，朝南开始了他们的漫长飞行。

*　　　*　　　*

斯莱金觉得他已经等够了。虽然大宴会还有几个星期才举行，但是他急于要把猫头鹰会议的其他成员也置于他的掌控之下。只有捉到最后六只猫头鹰，他才能完成计划。他要给"大猫头鹰"再添点儿苦恼，最大限度地伤害他的自尊心和荣誉感。

斯莱金决定将剩下的猫头鹰一只一只捉来。用这个办法，他可以慢慢地掐灭塞里瓦尔心中所有的希望之火。斯莱金召集那些小头目，首先派五只喜鹊马上出发，因为这个任务的路程最远——要去捉回伊西德里斯。如果连伊西德里斯也卑躬屈膝，一定能狠狠刺痛"大猫头鹰"的心。这真是太好了！斯莱金不希望由于路途遥远而让自己等得太久。因此，他决定派出第二支队伍去捉近一点儿的猫头鹰凯特琳。

去捉凯特琳的，只要派出三只喜鹊就够了，这只小猫头鹰不会怎么抵抗的，然而捉到她能给鸦鹊们带来极大的乐趣。想到这里，斯莱金不禁咧嘴哈哈大笑。猫头鹰会议的每一个成员都有一些他做不到、学不到的本领，这令他的内心深处一直燃烧着怒火。不过很快，他们将会在他的面前低头，卑微地张开翅膀。对，他将让他们匍匐在地，然后把他们全杀了！

第十章　毒药计划

正当叽哩克和波尔蒂雅动身向南飞，特拉斯卡在兔子洞的迷宫里不知所措时，托马尔接待了一位意想不到的客人。当时，他出去弄了点儿难得的佳肴，正准备坐下来享用，却看到一张熟悉的脸往他的巢穴里探望。

"好啊，好啊！我有多少日子没看到你了，"老猫头鹰开玩笑地说，"你好像打过仗似的。"

这位来客的脸上和身上伤痕累累，一看就是经历了一场恶战。随着鹛鹛安妮丝把她的遭遇一点儿一点儿地讲出来，老猫头鹰不禁肃然起敬。他的脸上写满了愤怒和对他朋友遭遇的关心。

安妮丝一直待到天黑。托马尔把他和叽哩克精心定下的计划告诉了她，重新燃起了她内心的希望。

"那太好了！像他们那种霸道的行为，绝不能允许继续下去。"安妮丝愤慨地说。

"不过你因为他们而受了这么重的伤，我感到很难过。"托马尔同情地说道。

"别为我担心，我会活下去的！"安妮丝回答说，"能为鸟国做点儿事，我感到很自豪。不过我被迫告诉了那只凶恶的喜鹊你和叽哩克的行踪，我背叛了你们。幸好你们把一切都搞定了。"

"这话说得还太早，"托马尔语气沉重地回答，"我到现在还没有叽哩克的消息。我们只能希望，那只小鸟能完成交给他的重大任务。说实在的，放在他那么小的一双翅膀上的担子真是太重了。不过我相信，叽哩克会不负众望的。他是一只出色的鸟！"

"尽管我和他相识的时间很短，但是我也有同感。不过现在由不得我们胡思乱想了，还是早点儿休息吧。"

于是，猫头鹰和鹏鹏愉快地度过了一个傍晚。到睡觉的时候，鹏鹏在附近树丛里找了个合适的地方，临时安了家，准备舒舒服服地过上一夜。

"见到你真好，我的朋友，"道晚安时，老猫头鹰说，"看到你活着，真是太好了！"

第二天，托马尔又接待了一位客人，她的到来甚至比安妮丝更让他高兴。他的嘴上露出欢快的微笑，对凯特琳表示热烈的欢迎。托马尔介绍他的两位客人相互认识，接着问了凯特琳许多积压在他心头的问题。

"你怎么知道我正好需要你？"

"我根本不知道，亲爱的，"小猫头鹰回答说，"这完全是巧合。不过……也许是天意。"

"那么你带来了什么消息？自从上次见面，或者说自从上次会议以后，我们已经好久不见了。"托马尔满脸遗憾的样子。

"太久了，我的朋友，太久了，"凯特琳又重复一遍，"不过，我一直跟我们的一位会议成员保持联系。你还记得年轻的塔昆吗？"

"当然记得。一只很有才能的猫头鹰，如果没记错的话，他的脾气不大好。"托马尔回答说。

"没错。会议成员都离得那么远，他和我可以说是邻居。会议解散以后，我隔几个礼拜就去看望他一次，就为了保持联系。

"两个礼拜前我又去看他，可他不在。这让我感到很奇怪，因为他知道我要去看他的。更让我不放心的是，他的窝被毁了，而且到处有搏斗的迹象。我问住在附近的动物，他们告诉我，他被一大帮喜鹊抓去了，但不知道被抓到了什么地方，以及为什么要抓他。我感到事情不妙，因此，我决定去看看'大猫头鹰'，可他同样不见了。我不明白这是怎么回事。"

"我明白，"托马尔回答说，"这么说，塞里瓦尔已被抓走了。更要命的是，接下来要抓的是我们。"

于是，托马尔把一切解释给凯特琳听：斯莱金的行动，叽哩克的使命，特拉斯卡的追捕，打败邪恶喜鹊的计划……凯特琳仔细地听着，听到托马尔制订的出色的毒药计划时，她高兴得拍打起翅膀来。她马上表示，她可以找到一个合适的翻译去跟昆虫谈谈。可托马尔看上去还是不安。

"你带来的消息太糟糕了，"他对凯特琳说，"看来，斯莱金打算把我们全都抓起来。"

"不过我们得到了预先警告，"凯特琳回答说，"我们可以提前躲起来。我知道许多地方，他们将永远找不到我们。"

"躲起来不是办法，我倒有一个想法，"托马尔说，"他们来抓我们时，我们不要抵抗，而是乖乖地束手就擒，让他们抓。"

小猫头鹰一下子兴奋起来。

"哎呀，你真是……一个天才！你已经有了一个挽救猫头鹰会议的计划！"

"一个计划？不，只是一个想法罢了，也许还不错。我得把它想透。不过眼下我们不能浪费时间了。凯特琳，你能把你的昆虫翻译给我带来吗？我必须开始我们这部分的行动了。"

*　　　*　　　*

特拉斯卡彻底迷路了。他不知道自己在那些该死的地道里转了多少时间。他不知所措，心烦意乱，一肚子气。蠕虫这里倒多的是，够他吃饱的，可光吃一种东西，他早就吃腻了。不过，他很快就发现，只要用他那厉害的尖嘴啄穿遍布通道的树根，他就能喝到宝贵的水。

有一两次，他又回到了老路，他绝望地想，即便是遇到大雕也比没完没了地在噩梦中好。他就这样在失败的重压下跌跌撞撞、摇摇晃晃，一个劲儿地向前走。他感到绝望，几乎想求饶了，只求不要在这些地狱通道里活受罪

124

就好。

突然，特拉斯卡意识到，他正在走的这条地道好像在向地面升上去，这里植物的根更嫩、更稀少，泥土也更松软。这条地道一定能通往地面，他一定能够走出去！特拉斯卡疲倦的身体重新萌生了希望，他加快了脚步，感到自己很快就要自由了。

他在地道里大胆地拐了个弯，忽然猛地停下来，像挨了雷劈似的呆住了。前面没有路，地道被堵住了，早就被堵住了。特拉斯卡绝望地看着被堵住的去路，紧张地猛转过身子，像是害怕什么复仇凶神会施魔法，从后面把通道也给封住，把他活埋在里面。

一条蠕虫落到他的脚旁，接着又是一条。他抬起头看向洞顶，更多的蠕虫在他的头顶，半在土里，半在土外，蠕动来蠕动去。在一条蠕虫落下来的小洞口中，微弱的阳光透进来了。

特拉斯卡几乎要欢呼起来，为自己终于可以离开这个地狱而感到欣喜若狂。地道这一处的顶非常薄，土非常松，很容易挖穿。当他用嘴啄土时，土落下来弄痛了他的眼睛，让他看不清。不过很快，他就挖出了一个小洞通向地面。

当凉爽的新鲜空气吹到他的脸上时，他深深地吸了口气。他拼命地挖，小洞越挖越大，很快，他就钻出去了。

他自由啦！

* * *

叽哩克和波尔蒂雅决定，在他们做第三次也是最后一次长途飞行之前，应该先去看看托马尔。现在，特拉斯卡已经不构成威胁，是时候去看看老朋友了。叽哩克有那么多事情要告诉老猫头鹰，波尔蒂雅也急于要见见这只了不起的猫头鹰，她早就听说了许许多多关于他的事。

于是他们就这样飞，飞了许多个昼夜，能飞多快就飞多快。他们一路飞一路聊天，谈到的事情在几个月前好像还都是不可能的。他们还谈到未来——打败喜鹊以后他们的未来。

"自从答应托马尔执行任务以来，已经过去了很久，托马尔计划的每一部分似乎都像他所设想的那样在运转。说实话，这是我第一次真正相信我们可能成功，相信鸟国会有一个美好的未来。"叽哩克满怀信心地对他的伴侣说道。

* * *

当年轻的雌喜鹊卡佳独自筑巢、独自觅食、独自孵蛋时，她的整个希望都集中在这枚鸟蛋上。她肉体上的伤已经痊愈，但是精神上的伤依然存在，这伤是医不好的。卡佳蜷缩在内心深处为自己疗伤，对外面的世界视而不见。她的整个心都在这枚蛋上，指望她的孩子出生，然后告诉他心中的恨。

他将长得又大又强壮。她将保护他，让他不受到伤害。她将教育他，让他成为一只好鸟。但仇恨，她无法隐藏。因为在她的心里，只有仇恨。

＊　　　＊　　　＊

托马尔朝外面林中的空地看时，看到了一个惊人的景象。大密林的这个地方，曾是猫头鹰会议历届的开会地点。这里的自然布局非常完美，仿佛一个小型的圆形露天剧场。空地周围的树木能把声音聚拢到中央，即便是很细微的声音，听众也能听到。这些树木同时是极美的背景，青翠静谧。

可如今托马尔看见的是一件活动的"斗篷"，把草地、矮树的枝叶全盖住了！它忽高忽低，但一直在他眼前移动。这是一条昆虫组成的"毯子"，盖住了林中空地。

托马尔转身看向凯特琳，她正坐在他的旁边，同样感到十分惊奇。

"我们已经遇到了喜鹊这种危险的敌人，如果这些也是来进攻我们的……"托马尔没把话说完，心里默默祈祷，但愿这支大军是站在自己这一边的。

凯特琳请来的翻译是一只星鼻鼹鼠。他老得牙都掉光了，就像一包土似的，不过灰色的毛皮极软。他的眼睛看不见，不过听觉特别灵敏。他更是一只有学问的鼹鼠，一辈子都在学习昆虫的各种语言。凯特琳和他认识多年，由于有共同的兴趣爱好，他们的友情越来越深。不过直到现在，凯特琳还没有借用过他的特殊本领。

这只鼹鼠叫乔纳森，对于这样一位有学问、受尊敬的学者，这个名字未免太过普通。当他开口说话时，托马尔忍不住咯咯笑。原来，鼹鼠叽里咕噜说的话跟昆虫的话一样使他没法听懂。凯特琳得为这位翻译转译！

自从大批昆虫来到林中空地以后，这里一直在嗡嗡作响。现在，托马尔站起来向这些听众发表演说，昆虫们一下子安静了。

"我的朋友们，我们生活在一个多灾多难的世界里。我们都有许多天敌，都面临许多危险。我很难过，我们聚在一起却互不相识，只为一时紧迫的需要。我请大家来开这个会，是因为我们有一个违反天理的共同敌人，为了战胜他，从而恢复世界的秩序，我们需要你们的帮助。"托马尔用他那深沉浑厚的声音说道。

乔纳森用圆润洪亮的喉音给他翻译。然而每一个句子得用不同的语言重复三遍才能让所有听众听懂，因此进程很慢，演说很费劲。可是这无损于托马尔所说内容的分量和大家的热情。他继续说下去。

"自从邪恶的斯莱金把鸟国闹了个底朝天以后，我们每一种鸟甚至每一只鸟都在力图生存下去，希望情况会有所改变。曾经，我们陶醉在无忧无虑的乐境之中，但如今，斯莱金要把所有的鸟——除了他自己那一类，全部消灭干净。我们必须还击。我们最大的力量来自一个跟他恰恰相反的意志——团结，团结鸟国所有剩下来的鸟同喜鹊作战。斯莱金绝对想不到我们有勇气反对他，他自以为已经挫败了我们的勇气。但是他错了。我们必须掌握机会，彻底打败喜鹊！"

托马尔停下来，一时不知道该怎样说下去。沉默了一会儿后，他又接着说：

“我们要发动大军对抗喜鹊。可他们已经消灭了许多鸟，我们顶多只能在战斗中抗衡他们的力量。因此，我们需要出奇制胜。我们需要你们的帮助。”

说出这个意思以后，托马尔对已被打动的听众详细地阐述起他的计划。他拿出那瓶毒药，放在他们面前。尽管那瓶子在他的爪子里显得很小，可在几千只小昆虫眼中，就像一个庞然大物。

“人类一直是我们共同的敌人，可如今他们也帮上我们的忙了。一只勇敢但送了命的动物使我想到了这个办法，毒药是我们出奇制胜的武器。不过我需要你们帮我设下圈套，这种毒药对我们每一只鸟来说都是致命的，唯独对你们却丝毫无害。如果你们肯帮我们，你们的任务就是在斯莱金巢穴周围一里的地方，给所有的腐肉和尸体放毒。喜鹊很懒，是不会放弃巢穴附近的食物的。你们可以给他们致命的一击，为了自由和正义的一击。你们肯帮我们吗?”

*　　　*　　　*

斯莱金对于他计划的第一次碰壁感到十分恼火。那只该死的猫头鹰会到哪里去呢? 他一点儿也不怕凯特琳会构成威胁，她在那些猫头鹰中个子最小，可对斯莱金来说，把她捉到却最要紧。作为猫头鹰会议最弱小的一员，她会为他羞辱那些猫头鹰提供突破口。斯莱金和所有恶霸一样，喜欢选择敌人中最小最弱的那个来开刀。他需要凯特琳，他要找到她。

斯莱金暴跳如雷，大骂他那些手下，要他们再去找这只不见了的猫头鹰。下完命令以后，他安静下来想了一阵。伊西德里斯很快就会落到他的手中，凯特琳也只是个暂时的麻烦，她会被抓住的。现在该轮到托马尔了。

斯莱金一想到这只老猫头鹰，心里就像插进了一把尖刀似的痛。托马尔是他最恨的一只猫头鹰。"大猫头鹰"塞里瓦尔是一个容易轻信别人的傻瓜，猫头鹰会议的其他成员也容易控制，只有这个托马尔，他在斯莱金的记忆中像一块古老的岩石那么硬。这只老猫头鹰聪明、正直，反对斯莱金的一切主张，因此，一定要把他打败。斯莱金召唤来他最信任的一个手下，吩咐他选出一群特别凶恶的喜鹊去抓托马尔。

*　　　*　　　*

叽哩克和波尔蒂雅飞了漫长的一天，筋疲力尽，正在休息。月亮在夏夜的天空里显得很明亮，他们默默地看着它，各自想着心事。叽哩克正在回忆童年。他和波尔蒂雅的关系又进了一步，现在他们将要成为终身伴侣，就只等着完婚了。

叽哩克回想起他的父亲，以及父亲成为喜鹊的牺牲品前与他短暂的共同生活。对他来说，父亲是一位亲切、善良和聪明的老师，他深深地影响了叽哩克，不仅教会他勇敢，还教会他对一切事物保持一种幽默感。这种勇敢和幽默感在叽哩克日后那些年里帮了他大忙。

波尔蒂雅也在想着她将来做妈妈的事。她已经准备好嫁给叽哩克，她将有自己的窝，将有一些蛋要孵，还有孩子要喂。当她想着"还等什么呢"时，嘴上不禁露出了微笑。

*　　　*　　　*

这是一个艰苦的时刻。托马尔动足了脑筋，花了很长时间进行游说。可那些昆虫很会讨价还价，他们是些讲实际的动物。虽然他们很同情鸟国的灾难，但他们更希望得到看得见的报酬，而不仅仅只是听猫头鹰们说声"谢谢"。托马尔说，等到喜鹊们被打死，他们可以大吃他们的尸体。昆虫王则提出更具体、更有保证的条件，最后，托马尔不

132

得不对他们做出承诺。

"等到喜鹊被打败，鸟国的秩序恢复了，我们将恢复猫头鹰会议，许多事情将会永远改变。鸟类天性什么都吃，我们将通过一条法律，不再把你们这些小昆虫当作食物。你们将永远安全，这是对你们今天的帮助所表示的感谢。"

昆虫王走进那一大群昆虫中间，托马尔和凯特琳紧张地等待他们商量的结果。最后他们决定，一起帮助鸟国恢复秩序。接着，千百只小昆虫高高兴兴地背起那个小毒药瓶，离开了林中空地。一切将会像托马尔原先设想的那样实现，可还有一个关键点，现在全靠叽哩克了。托马尔的思绪又回到这只勇敢的小旅鸫身上，所有的希望都在他身上，不知道他现在飞到哪里了。实际上，这会儿叽哩克离他只有几里远。明天就应该能相聚，可是在这之前还会发生什么事情呢？

第十一章　游说失利

　　叽哩克和波尔蒂雅醒来后便急于动身，两只旅鸫都盼着来到大密林，见到托马尔。

　　飞了一个小时以后，叽哩克认出了熟悉的大密林。他向波尔蒂雅转过脸去，波尔蒂雅便随着他的视线望去，第一次看到了他们前面那片黑黝黝的茂密森林。

　　"就要见到托马尔了，"叽哩克说，"我有那么多事情要告诉他。"

　　两只旅鸫倾侧他们的翅膀，向森林飞下去。

　　叽哩克反应很快，当波尔蒂雅犹豫了一下才紧跟着他俯冲下去躲起来时，他的心都凉了，因为这时候有一大帮喜鹊和乌鸦从树顶飞出来。还好他俩没被发现，可叽哩克刚放了心，又惊讶地看到，托马尔也在他们当中，毫不反抗——显然他被抓了。除托马尔之外，还有一只猫头鹰，叽哩克不认识她。他看到鸦鹊成群地朝南飞走，就知道他

134

们将要被带去南方。

叽哩克差点儿要跟上去，去救他的朋友，幸亏波尔蒂雅及时拦住了他。

"别做傻事，叽哩克。你现在帮不了他，比这更重要的，是去完成你的任务！"

*　　　*　　　*

喜鹊们来捉猫头鹰时，天刚刚破晓。他们成群到来，比托马尔料想的还要突然。谢天谢地，他已经跟昆虫谈完那桩交易了。他早就知道他们会来，而且他们会发现一下子抓到两只猫头鹰，而不是一只，那种又惊又喜的样子也让托马尔暗暗好笑。

这些喜鹊本以为会有一场恶战呢。可凯特琳接受了托马尔的劝告，不作抵抗，反正她的个子那么小，也不适宜同一群要命的大鸟打架。喜鹊们嘲笑这对猫头鹰，说他们没有勇气，只是惯于自吹自擂。托马尔和凯特琳沉默不语，在一阵阵羞辱前保持着尊严。这帮鸦鹊的头目——一只肥大的、嘴上满是血迹的乌鸦，羞辱的话说得尤其尖刻。

"你们这两只可怜巴巴的猫头鹰，不可能是猫头鹰会议的成员。瞧瞧这瑟瑟发抖的样子，你们还想当法律制定者、

135

鸟国的最高决策者？你们连给喜鹊尾巴掸灰尘都不配！斯莱金不会因为你们两个而自添烦恼。好了，还是走吧，你们还有个约会呢。"

这只乌鸦凶恶地咯咯笑起来，在他那些手下的推搡下，两只猫头鹰飞了起来。就这样，当叽哩克和波尔蒂雅来到大密林时，只见两只猫头鹰乖乖就范，在乌鸦的控制下，向斯莱金的巢穴飞去了。

叽哩克完全泄气了，不知道该怎么办才好。没有了托马尔，计划还有执行下去的意义吗？他们甚至还没有制订出稳妥的作战计划，统帅就已经被抓走了。叽哩克只是一个信使，不是统帅。他突然变得六神无主。

叽哩克坐下来，像块石头似的一动不动。每一个想法都会引起新的疑虑，每一个希望都有理由推翻。他从未感到自己这么不配承担这个任务。可到最后，有一样东西透过他心中的种种纷乱，明亮了起来。失败就意味着整个鸟国将陷入无穷的黑暗，谁都没有未来。除了托马尔的计划，叽哩克想不出还有什么办法能改变他们的命运。至于战争，会有比他大的鸟站在正义的这边，到时候他们就能知道该怎么办。他要考虑的是，如何保障有足够的兵力去完成这个计划。

叽哩克抬起头来看向波尔蒂雅，用他的翅膀温柔地抚摸着她的脸。

"对不起，"叽哩克说，"看到托马尔这样被打败，我太失落了。你是对的，我们必须继续执行这个计划，毫不迟疑。剩下的路程比上一次的短多了，亲爱的。我们必须飞得足够快，尽力地飞，时间不等我们。你受得了吗?"

"有你在我身边，我可以绕地球飞两圈呢。"他美丽的伴侣说。

"那我们马上启程吧!"

于是两只旅鸫决定马上离开，不去托马尔的家了。他们不知道的是，安妮丝正在那里等着，负责把一个带有希望的消息转告叽哩克。这个消息就是：发生的一切完全在托马尔的计划之中。

当叽哩克和波尔蒂雅动身去做最后一次飞行时，另一个极不受欢迎的访客来到了托马尔那棵弯曲的枞树旁。他羽毛蓬乱，显得疲惫不堪，他已经不停歇地飞了好多天，是紧迫和决心把他赶到这里来的。特拉斯卡要当面挑战这只老猫头鹰。这只老猫头鹰的计策简直把他逼疯了，他要知道那只可恶的小旅鸫为什么总是让他追来追去。

特拉斯卡来到托马尔的家，发现这地方空空如也，大失所望。特拉斯卡气得要命，同往常一样，他急于找东西出气。幸亏安妮丝这时候出去找吃的了，这一回倒霉的是一对海鸥，他们这天很不幸，正好飞到了这片天空上。当特拉斯卡回到弯曲的枞树上——托马尔爱坐的树枝那儿时，天上只剩一只海鸥在孤零零地飞。他的妹妹躺在地上死了，连尸体都不全。

气消了以后，特拉斯卡开始思考他所面临的困境。他第一件要做的事是查出托马尔到底去了哪儿。这只老猫头鹰为什么离开了大密林？叽哩克和他在一起吗？这也是他们的计划吗？一种莫名的恐惧涌上他的喉咙，他吐了口唾沫，附带着几根海鸥羽毛。

特拉斯卡决定首先去重访当地的鸦鹊群，原先追捕旅鸫时，他曾经找过他们帮忙。特拉斯卡很高兴地发现，他们以前那个自以为是的首领已经被另一只喜鹊取代了，新首领没那么傻头傻脑，回答特拉斯卡的问话也很简洁。从这只喜鹊口中，特拉斯卡知道托马尔是被抓走的，他感到极其满意。他还听说了大宴会的消息，知道今年要办得无与伦比。这宴会的事已经广泛传开，听说斯莱金还安排了一个特别节目。

特拉斯卡问起了叽哩克，可是没有得到任何信息。这么说，叽哩克没有回来看他的朋友，或者回来后又走了。到哪儿去了呢？特拉斯卡想不出来。托马尔已经被带到斯莱金的巢穴去了，一同被带去的还有猫头鹰会议的其他成员。在宴会的节目中，斯莱金是不会让他们有好日子过的。特拉斯卡几乎要可怜他们了。

托马尔的计划如今一定泡汤了，单靠一只旅鸫是不可能消灭喜鹊的。特拉斯卡不打算再去盲目地追杀那只不自量力的鸟了。希望斯莱金对托马尔的计划仍有兴趣，也许他可以凭借这个消息受邀参加那个节目呢，亲手消灭那只猫头鹰该是多么有趣啊！特拉斯卡于是飞上天空，沿着那帮鸦鹊带走托马尔的路线，向南朝斯莱金的巢穴飞去。

＊　　　＊　　　＊

叽哩克和波尔蒂雅正在用前所未有的速度全力飞行着。距离大宴会只有一个星期了，叽哩克知道这第三次也是最后一次飞行是何等的性命攸关。大雕和老鹰是高贵雄伟的武士，不过要使托马尔的计划成功，他们还需要更有力的、更有头脑的鸟协助。叽哩克的最后使命是飞到东海岸找海鸟帮忙。鸬鹚和长鼻鸬鹚、鲱鸟和大贼鸥、海燕和海鸥，他们对抗的是永不停息的凶猛敌人——大海，每一种海鸟都为了觅食和安身而不停地战斗，因此百炼成钢。两只旅鸫拼命地飞着，在经过叽哩克的家乡时，他们也没有停。那里现在什么都没有了，留给叽哩克的只有悲伤。他的未来在别的地方，他转过头看向波尔蒂雅。

"快追上来吧！"波尔蒂雅亲热地吱吱叫，"你一定是老了！"

他们飞了两天两夜才看到大海。两只鸟都没有休息过，又累又渴。当叽哩克把翅膀倾侧，转身要飞进海湾时，波尔蒂雅倒吸了一口气。太阳照在大片蓝色的海水上，闪闪烁烁。波尔蒂雅以前从未见过大海，广阔无垠的海面和蓝蓝的海水让她十分着迷。比较起来，海湾棕色的泥水就显得不那么可爱了。于是，她侧着身子朝海岸线飞去。等到叽哩克明白过来她要干什么时，已经来不及了，他的警告声也被海风吹散了。

波尔蒂雅喝下第一口咸水就开始作呕，等到叽哩克来到她身边时，她已经头昏眼花，掉落到地上。叽哩克看到她侧身躺着一动不动、两眼无神，吓坏了。他绝望地朝四下张望，一时没了主意，不知道该怎么办才好。

他的注意力被前面一阵惊人的喧闹声吸引过去，嘶嘶声和咆哮声让他呆住了。一只很大的姜黄色的猫又瘦又凶，抓住了一只胖胖的红腹灰雀，正在逗弄他。灰雀勇敢地反抗，嘲笑那只猫。

"你也把自己叫作猫？我见过的豚鼠都比你厉害。嗜血的蠢猫，你什么也抓不到！"

那猫恶毒地啐了一口，弓起身体，垂下耳朵准备猛扑。叽哩克又是关心波尔蒂雅，又是担心眼前这场面，不知怎么办才好。不过，这只灰雀的生死就在刹那间，他必须先帮助灰雀。于是他向那只倒霉的猫扑上去，啄住他脖子上满是肉的地方。那只猫痛得哇哇大叫，转身准备对付这讨厌的袭击者，可是叽哩克已经飞上天空。这点儿牵制足够让灰雀逃到安全的地方了。那只猫丢了一顿美食，失望地尖叫着，溜到林子里去了。叽哩克确定已经安全了，于是飞下来呼唤灰雀。一个黑色脑袋和粉红色的胸脯从一个角落里露了出来。

"谢谢你的救命之恩，你真是太勇敢了！我该怎么报答你呢?"

"你得帮帮我,"旅鸫绝望地回答道,"我的妻子病倒了。她喝了海水,我怕她会……"

叽哩克一想到可能会失去他最心爱的波尔蒂雅,心里就一沉,痛苦得没法把话说完。

"她喝了多少?"灰雀问道。

"我想不多。"叽哩克连忙回答。

"她需要的是淡水,许多淡水。"灰雀很有把握地说,"她这会儿在哪里呢?"

"在海边。"叽哩克回答。

"好,我们得赶紧去救她。她在那里很危险,很容易被其他动物吃掉的!"

"可我们该怎么办呢?"旅鸫着急地问道。

"给我拿片叶子,注意,要结实点儿的。好。现在你叼住那一头,我们一起叼着它飞去那边。"

叽哩克马上明白了灰雀的意思,和他一起叼着叶子飞到了海湾边。可他还是很担心。

"这水会不会和海水一样糟糕呢?"

"不会的,潮水退了,你看到了吗?这条河的水都从这里流到了海里，因此现在这里的水非常浑浊。当这里的水看上去很清的时候，你可不要喝，那是海里的潮水涌进来了，把河水带来的泥沙都冲刷干净了。"

他把这番重要的话说完以后，就将他那一头的叶子浸到了水里。等到水半满时，两只小鸟把叶子叼起来试试分量，觉得可以飞得动，就叼住它一路费劲地慢慢飞到波尔蒂雅躺着的地方。

叽哩克让波尔蒂雅的头往后仰，灰雀把叶子尖塞进她的嘴里。水冲进去呛着她了，同时发咸的海水从她的嘴里喷了出来。他们两次装满水回来，重复这个做法，直到把她的胃完全洗干净。波尔蒂雅筋疲力尽地缩起身子，浑身发抖，叽哩克看到她的眼睛恢复了亮闪闪的光芒，高兴得心都要跳出来了。

"我该怎样谢谢你啊？"叽哩克感激地问道。

"噢，不用谢，我是以德报德。"灰雀回答说，"顺便说一句，我的名字叫米奇。"

"我叫叽哩克，她叫波尔蒂雅。我们正要去找海鸟的领袖。"

"什么，那个老克拉肯？你们干吗去找他呢？"

为了回答米奇的问题，叽哩克简要地讲了他的任务和冒险经过。他讲完以后，灰雀惊奇地把眼睛瞪得老大。

"哦，那么就不能耽搁了，"灰雀说，"我可以带你们去克拉肯的住处。不过先声明一下，我可不想靠他太近。他有点儿暴躁，是一只十分强大有力的鸟。"

*　　　*　　　*

如果特拉斯卡以为他回到斯莱金的巢穴会受到欢迎，那他就大错特错了。他本有那么多信息要报告，那些信息对于喜鹊能否继续统治鸟国是极其重要的，可是斯莱金没有心思听他说。特拉斯卡来得不是时候。斯莱金刚从他的手下那里听说，猫头鹰会议的一个成员被喜鹊催逼得苦不堪言，没有活着飞完他的行程。斯莱金要会议成员死，这没错，但不是现在，而是在大宴会上。这件事将使即将到来的大宴会狂欢减色不少，因此他勃然大怒。斯莱金的报复迅速利落，将得罪了他的那些喜鹊的脖子高高吊起，看着鲜血从他们的身体里流走。

特拉斯卡正是在这个时候来到了斯莱金的面前。他只觉得自己重要，没察觉到那位首领的神色。正当他开口准备发表长篇报告时，斯莱金的一个问题就把他给镇住了。

"你杀了那只旅鸫没有？"

特拉斯卡一下子不知道该怎么回答，吞吞吐吐，拼命想编出个借口来应付。斯莱金这次是真发怒了，他召唤左右那些巨大的喜鹊："把他带走。别让我再看到他！"

接着，他又对特拉斯卡说了一句："我以后再跟你算账！"

*　　　*　　　*

克拉肯居住的崖顶十分陡峭，上面覆盖了成千上万只海鸟黏糊糊的鸟粪。这个地区统治森严，克拉肯为之自豪。他是一只黑背大海鸥，在这里，多少年来他都是海鸥中最大的一只。他的嘴有叽哩克整个身体那么长，当他伸腰打哈欠时，翅膀张开来足有一米多。

克拉肯在他的同类中是个骄傲且令所有海鸥敬畏的领袖。他熟谙大海和天空，极有智慧，被当地所有海鸟奉为首领。

当米奇把叽哩克和波尔蒂雅带到这只伟大的海鸥面前时，悬崖顶上传来巨大的喧闹声，把这三只小鸟吓坏了。原来，许多鸟为了争一块凸地，不停地大声尖叫，你争我抢。叽哩克生怕自己还没看到克拉肯，就已经在你来我往的争战中被挤扁了。

不过，两只旅鸫最后还是来到了巨鸥的窝边。克拉肯正在休息，用愉快和友善的神情眺望着周围的一切。当叽哩克和波尔蒂雅走过去时，他转过脸来。他们惊奇地看到，原来他只有一只眼睛，另外一只眼睛的眼窝里是空的，空洞上面还长出了一簇毛，这让叽哩克觉得他像一个海盗。

"你们为什么要到这危险的地方来，我的小朋友？"

*　　　　*　　　　*

在斯莱金巢穴深处的一个洞里，被关起来的特拉斯卡正怒气冲天地咒骂。斯莱金怎么敢这样专横跋扈地对待他！笨蛋斯莱金根本不配当统治者！特拉斯卡本会告诉他很多重要的事，喜鹊们本可以做好准备，然而他只想着他的大宴会，还有那个能满足他虚荣心的节目！这只该死的鸟简直太自负了！

突然，特拉斯卡住了口。在盛怒中，他把他的气话全吐了出来！这可是自杀行为。趁斯莱金的那些看守还没听清他说什么并向他们的头头报告之前，他赶紧压制住怒气，不再痛苦地发泄。斯莱金会怎样对待他的这种抱怨，特拉斯卡再清楚不过了，他必须深藏怒气，耐心地等待。没错，斯莱金会恢复理智，听他劝告的。可是对于这一点，犹如对待许多其他的事情一样，特拉斯卡只是在自欺欺人，他一点儿也不知道自己的处境有多么危险。

*　　　*　　　*

这时，托马尔的处境也差不多。不过不同的是，托马尔是故意的。他被带到斯莱金面前，任其百般辱骂，始终服服帖帖的。这种态度消除了斯莱金的一些怒气，可斯莱金又大失所望，他本以为这只老猫头鹰会有多么傲气呢。不过，想到他能灭掉这只老猫头鹰的威风，他很快转为沾沾自喜、自鸣得意了。托马尔这样唯唯诺诺，那么在大宴会上羞辱他就轻而易举了。

斯莱金决定让托马尔最后一个死，他最恨的就是这只老猫头鹰。托马尔样样为鸟国谋利益，他早就看不惯了。等到猫头鹰会议加冕他为鸟国之王以后，斯莱金倒要看看，当托马尔眼看着他的同伴们一一被杀，而自己也免不了同样的命运时，将会是什么表情。斯莱金要让他见证"大猫头鹰"塞里瓦尔被杀。这件事实在太美好了，这样将消灭鸟国的最后一个希望，让托马尔走向灭亡。

托马尔从斯莱金面前被带走，单独关了起来。这让

147

托马尔十分高兴。这样一来，他就有时间思考。现在，他比任何时候都更需要思考。

＊　　　＊　　　＊

当叽哩克向大海鸥讲完了他的来意，他变得没那么乐观了。他觉得，克拉肯对其他鸟类的事没兴趣；他甚至怀疑，这只大海鸥对斯莱金的阴谋和夺权的做法还有点儿佩服。叽哩克试图强调，如果不阻止喜鹊扩张，那么所有的鸟都将陷入同样的危险之中，可是他发现自己在浪费时间。叽哩克感到绝望了。跟鹰族和大雕打交道曾经那么容易，达里尔和斯托恩都明白他的使命的重要性，都热情地支持他。可这只海鸥似乎只关心自己的小天地。

波尔蒂雅看出了叽哩克的焦虑，也试图说服克拉肯帮助他们。大海鸥很快就觉得烦了，不想再听他们说到处发生的暴行。他自家后院的事已经够他操心了，干吗还要去管喜鹊的事，或者是旅鸫的事呢？他觉得整个鸟国大家应该各管各的；只是，如果有哪一只鸟愚蠢得竟敢来得罪他，那就另当别论了。

意识到克拉肯听不进他们的苦苦求助时，叽哩克感到心灰意冷。忽然，一只海鸥飞起来嘶哑地大叫，崖顶上所

148

有的鸟应和起来，发出震耳欲聋的声音。

"渔船来了！"

鸟群中掠过激动的浪潮，所有海鸟都转过头来看向他们的领袖。克拉肯向叽哩克和波尔蒂雅说了声"失陪"，就站起来转过身子，一眨眼飞走了。刹那间，整个崖顶像是发生了大爆炸，千百只海鸟飞上天空，拍打着翅膀，狂乱地喊叫着。喧闹声包围了两只小旅鸫，几乎要震聋他们的耳朵。一大群海鸟朝着海上开来的渔船飞去，一转眼，崖顶上只剩下叽哩克和波尔蒂雅两只旅鸫了。叽哩克失望地对他的伴侣说：

"我很抱歉，亲爱的，我们失败了。"

"如果他们的脑子是长在脑袋里而不是长在肚子里的就好了！"波尔蒂雅生气地说。

叽哩克大笑道："我想我们在这里已经浪费了太多时间，"他说，"没有这一帮子大鸟的帮助，我们只能靠自己了。时间紧迫，我们得赶回去。"

于是，这对旅鸫不再拖延，立即起飞，朝来时的方向飞去，只是心头沉重。现在一切全看运气了，胜败难定，剩下的就交给时间吧。

第十二章　加冕狂欢

　　昆虫们花了一个多星期才把那瓶毒药运到斯莱金的巢穴附近。千万只小动物手脚不停、毫无怨言地背着沉重的负担，迈着大步前进。他们来到了指定地点，又花了两天工夫，用几千双上下颚拼命地把软木塞子啃穿。最后封口被打开，剧毒液体流到草地上了。有些昆虫滚到毒药潭里，有些昆虫干脆进入小瓶子里，让身体浸满黏糊糊的液体。每只昆虫负责一份毒药，几个小时以后，小药瓶就空了。接着，空瓶子被拖到一个浓密的矮林子里，然后这支昆虫大军重新编队出发。

　　不管是谁见了这一条由无数小昆虫组成的"闪亮小河"，都会感到惊奇。他们正带着致命的东西，迈开大步去给周围几里内的腐肉下毒。

＊　　　＊　　　＊

　　鸦鹊生性懒惰，这一点没错。斯莱金派出觅食队去收集腐尸，好让大家在大宴会上饱餐一顿，可是没有一只鸦鹊乐意飞离斯莱金的巢穴远一点儿。只要附近有食物，干吗还要从远处运回食物呢？刺猬、兔子、松鼠、老鼠的残骸，甚至被残暴的猎人在马背上宰了的倒霉狐狸都被运了回来，在大宴会的会场上堆成了山。这个腐尸"山头"高达好几米，还有更多的腐尸被源源不绝地送来。

大宴会前一天，天一亮托马尔就被带到了斯莱金的面前。

"好啊，老家伙，"那只喜鹊哇哇叫道，"明天将举行我的加冕典礼，还有鸟国有史以来规模最大的盛宴，只可惜你不一定欣赏它。"

一天的时间可是很长的，托马尔想，从早到晚会发生许多事情。

"这是我生下来就注定了的，"斯莱金继续说下去，"你阻止不了我，托马尔。没有任何事情能够影响我的计划，我是不可战胜的。"

"在你的计划中，哪一部分用得着我呢？"

"你将是我加冕典礼的工具。猫头鹰会议将再次召开，推选我当领袖，当鸟国之王。你将向到会者宣布这个伟大的决定。"

"真是荣幸!"托马尔挖苦地说了一句。

"我加冕为王之后,猫头鹰会议就会被永久解散,再也不存在了。"斯莱金一边说,一边走来走去,翅膀拼命地上下挥舞。

"万一猫头鹰会议拒绝照你说的办呢?"托马尔问道。

"你一定要让大家接受,"斯莱金斩钉截铁地说,"一定要让他们看到,他们的生死掌握在我的手中。"

"看来我别无选择,只能照你说的办了。"托马尔说着,还露出有点儿担心的样子,"等你合法地加冕为王之后,会拿我们怎么办呢?"

"你们对我就再也没用了,"斯莱金回答道,"我就放你们离开。"

"是吗?那就太谢谢你了。我们都老了,属于我们的时代已经过去。我们只想回家,平平静静地过完这一生。"

托马尔忍住心中翻腾的怒气,表现出很顺从的样子。斯莱金哈哈大笑,啐了他的脸。

"我一直怕你,原来你根本不是什么英雄。现在回你的牢里去吧,去给我的加冕典礼准备一篇漂亮的演讲词。"

当塞里瓦尔也被关进牢里时，托马尔看到他被折磨得这般虚弱，不禁大吃一惊。由于缺乏睡眠，塞里瓦尔眼圈发黑，曾经漂亮的羽毛又脏又乱。他左脚的爪子可怕地扭曲着，那是被抓他的喜鹊折磨的。他在托马尔面前低着头，不敢看他朋友的眼睛。失败的重击，再加上意识到是自己助长了斯莱金的野心，塞里瓦尔已经垮掉了。

托马尔向塞里瓦尔问好，但用的是猫头鹰会议早先使用过、近来却很少用的古老语言。塞里瓦尔一听到这种语言，猛地抬起了头，身子也挺直了，可是他没有应答。托马尔继续用这种语言把叽哩克以及他们共同制订的计划告诉了塞里瓦尔。当听说鹰族、大雕和海鸟会来帮助他们时，塞里瓦尔一下子好像年轻了许多，眼睛里也重新闪烁出光芒。

托马尔告诉塞里瓦尔，现在每一只猫头鹰身上都有任务，因此鸟国如今比任何时候都更需要他的智慧和领导。塞里瓦尔说，虽然他的领导权如今已名存实亡，但他保证会尽力支持他最亲密的朋友。说这话时，他的脸上显出无比的热情。接着，托马尔简要地向塞里瓦尔说出了他的主意，"大猫头鹰"沉思着点点头，赞成他的计划。

这段时间，喜鹊看守们始终坐在那里，虽听不懂这两只老猫头鹰在说什么，但觉得挺好玩。两只老猫头鹰最后停止了交谈，一个看守对托马尔说：

"你把头头要你说的话都告诉他了吗？他知道怎么做了吗？"

"噢，是的！""大猫头鹰"响亮地回答说，"我知道该怎么做了。"

＊　　　　＊　　　　＊

喜鹊宝宝抬起头来看着他的妈妈。对他那小小的年纪来说，他的个头已经是大得出奇了。自从他出生以后，卡佳就开始不知疲倦地找东西给他吃。他还不能离窝，他的整个世界就是吃饭和妈妈。妈妈总是对他说：

"我的儿子，你要快点儿长大，长强壮。我给你的食物，你要把它们吃光；我教你的飞行技巧，你要努力学习。只有这样，你才不会被坏蛋欺负。好，记住这一点，小乖乖。妈妈爱你。"

＊　　　　＊　　　　＊

两只喜鹊被派去看守为宴会准备的腐尸"山头"。到了傍晚，那两只喜鹊看着这一大堆食物，肚子越来越饿。他们接到过指示，任何喜鹊如果胆敢在时间未到之前偷吃贮存的肉，就当场格杀勿论。不过要是他们自己偷偷吃上几口，又有谁会知道呢？肉实在太多了，吃掉一点儿根本看不出来。

于是，一个看守开始挑选尸体，另一个看守负责望风。他挑的那具尸体臭气熏天，已经腐烂透了。他把这具尸体从腐肉堆里拉出来，馋得马上就咬了一口。另一个看守看到同伴已经大快朵颐，抱怨了两声后也挑了一具臭气扑鼻的尸体解馋。他们又是饿，又是害怕被发现，于是狼吞虎咽起来，吃得很快。他们把肉从骨头上啃干净，把可怜巴巴的骨头架子衔到远处，藏在矮林子里，接着又回到他们的岗位上。

半小时后，毒性开始发作，又过了半小时，两只喜鹊死了。成千双眼睛一直在注视着这幕大戏的开演，等到两只喜鹊最后僵卧在那里，一个军团的甲虫迈着大步来到林中空地，用庄严的队列，把喜鹊的尸体抬进矮树林子，然后离开了。

第二天天亮后不久，鸦鹊纷纷前来。他们的数量太多了，树上黑压压的一片，把大自然五彩缤纷的颜色都遮住了。一有新的鸦鹊到场，会场上就响起问好的寒暄声。他们一坐下来就大谈这场即将举行的宴会，声音震耳欲聋，没完没了。这是庆祝他们一年工作成果的宴会，每一只鸟都很激动，大谈自己的杀戮和暴行，夸耀自己的努力胜过别人，吹嘘自己为了促成他们首领的霸业做了多少努力。

大家七嘴八舌，谈论斯莱金在鸟国称霸的这些日子里，到底灭绝了多少种鸟。说法不一，不过最后大致定为八十种。说实在的，这和准确数字也相差不远了。不过，与其一一列举被鸦鹊消灭的鸟类，倒不如列出还活着的鸟类，这要简单得多。

可是，至少有两只小鸟还活着，正悄悄地观看这一幕。叽哩克和波尔蒂雅来了，他们躲在一棵老枯树的树洞里。这棵老枯树没有树枝，跟个枯树桩差不多，他们躲在里面注视着眼前这一大批敌人，十分安全。

"你打算怎么做，亲爱的?"波尔蒂雅问道。

"就这么看着，"叽哩克回答说，"我还没想好接下来该怎么办。"

"记住，相信托马尔，亲爱的。你已经完成你分内的事，和你一样，别人也做了他们该做的事。我们现在最好等大雕他们来，到时候跟他们一起作战。"

波尔蒂雅的话提醒了叽哩克。对，他们应该等斯托恩和他的伙伴。他们做出过承诺，叽哩克相信，他们一定会兑现诺言。今天，对他们的命运来说，将是一个重要的日子。

＊　　　＊　　　＊

斯莱金一早醒来，走来走去练习他的演讲词。今天是他的重要日子，他将一举消灭强大的猫头鹰会议，这个甜蜜的期望充满了他的心。想到这些，这只野蛮的喜鹊拍了拍翅膀。今天之后，说不定他就能继承猫头鹰的大智慧了。

"哈哈哈！"他充满恶意地大笑起来，"成为百鸟之王！成为百鸟之王！"

他高兴得全身发抖。

过了一会儿，斯莱金出现在集会上。一片鸦鹊的海洋，无数双明亮的眼睛，无数张尖尖的嘴。千百只喜鹊、乌鸦、秃鼻乌鸦和其他鸦类挤满了会场，肃静地等着听他们的首领讲话。斯莱金的手下走到他面前，问什么时候可以开始盛宴。

"等我加冕完就可以开始了。大家可以边吃边看猫头鹰被处死。你们最好先拿点儿食物去给特拉斯卡，待会儿他得有点儿力气。不过其他囚犯用不着喂，省得浪费食物！"

斯莱金说完，和那几只大乌鸦一起，残酷地哈哈大笑起来。等那几只乌鸦离开后，他上前去招呼那些听众。

"我的信徒们！我的子民们！"他开始庄严地发言，"今年的大宴会，对我们每一只鸟来说都是特殊的。我知道将来有一天，你们会把今天大宴会的事告诉你们的孩子。我们等待了那么久，做了那么多工作，就是为了今天。如今，我们已经消灭了几乎所有鸟类，只剩下微不足道的几种。更令我们兴奋的是，我们推翻了旧秩序！猫头鹰会议不再支配鸟国的法律，今天我们将要看着他们彻底灭亡。只要我们共同前进，就没有任何东西能挡住我们的去路，没有任何敌人能消灭我们。我们是一支不可战胜的军队，不管是谁，都将倒在我们面前！"

说到这里，斯莱金停下来，等待奉承的浪潮从与会者的喉咙里喷涌出来，可是他注意到，有一部分鸦鹊的欢呼声没那么热烈。他发亮的目光于是集中到那里，继续说下去。

"我要求绝对忠诚！并且保证给你们绝对的胜利！今

天，在给你们准备的节目中，你们将亲眼看到猫头鹰会议最后一次开会。多少个世纪以来，他们都是立法者，现在用不着他们了。他们会认识到，如今有一只比他们更有才智的鸟，更适合制定法律。今天，他们将加冕我成为你们的——实际上是整个鸟国的大王。然后，他们将解散猫头鹰会议。我向你们保证，他们的引退只要一会儿工夫。接下来，请大家享用我们筹备多时的食物，并开始尽情狂欢吧！"

会场上又响起沙哑的欢呼声。每一只猫头鹰都被带上来，安排在规定的地方就座。可是塞里瓦尔被剥夺了"大猫头鹰"的权力，被迫坐到了次要的位置上，那是死在路上的那个会议成员空出来的。

在安排就座的过程中，斯莱金把他的一个手下叫到身边。

"趁大会正在进行，你最好先去吃点儿东西。等到大家吃的时候，你还有事情要做。挑选十来个看守跟你一起，我想他们吃饱了会很高兴活动活动身体的！"

接着，他让这只大乌鸦退下，然后又站到听众面前。

"现在，"斯莱金宣布，"猫头鹰会议开始。"

*　　　*　　　*

特拉斯卡在地洞里等着，他知道这一天是举行大宴会的日子，他真害怕被选中去扮演什么角色。斯莱金显然不喜欢特拉斯卡，也不想知道他要说什么。而且，现在说什么都已经太晚了。特拉斯卡唯一的念头是——活下去，因为他断定，不管叽哩克的使命是什么，今天就会见分晓。他知道这场战斗是一定会来的，然而他不想在战斗中被捕。

就在这节骨眼上，命运之神帮了特拉斯卡一把。一只喜鹊送来食物，特拉斯卡原本高兴极了，因为他饿坏了，可是看守他的那只喜鹊把食物据为己有了。

"我负责看守你这只倒霉的鸟，已经够不幸的了，所以这些食物该归我！"大个子看守哇哇叫道。

特拉斯卡饿得一点儿力气也没有了，不想跟这个看守理论，只能可怜巴巴地看着他把自己的食物大口大口地吞下去。那只鸟一边吃还一边哈哈大笑。特拉斯卡蜷缩在角落里闭上眼睛，气得要命。过了一会儿，他突然听见看守粗重的喘气声，张开眼睛一看，只见那只大鸟在地上痛苦地扭动着。他犯了什么病？难道是……特拉斯卡放松下来，饶有兴趣地看着这家伙痛苦地垂死挣扎，露出了满意的微笑。好啊，他到底没有错过重要的节目！

加冕典礼进行得如此顺利，甚至超出了斯莱金的期望。

每一只猫头鹰都按照"大猫头鹰"和托马尔的指示，扮演着自己的角色。斯莱金刚被宣布成为整个鸟国的统治者，就陷入了自我陶醉之中。不过在这光荣的时刻，他知道群众还需要更多东西。他们热烈庆祝了他的加冕，但实际上他们更庸俗的愿望还没得到满足。

斯莱金叫大家肃静，然后宣布盛宴开始。与会者用不着请第二次就一拥而上，扑到堆积如山的食物上，对那些腐尸又撕又啃，狼吞虎咽。还有几千只鸦鹊挤不进去，在周围急切地飞来飞去。斯莱金十分满意，他从这场盛宴中转过身来召唤他的守卫，是时候开始他的第二部分节目了。

斯莱金向托马尔解释，由于鸦鹊众多，为了保险起见，最好护送他们到离他家远一点儿的安全地方。斯莱金召唤守卫，却没有听到回应，他有点儿不快地抬起头，又叫了一次，可仍然没有回应。

白猫头鹰伊西德里斯对斯莱金装模作样的把戏已忍无可忍，正要生气地骂一声不吭的托马尔和"大猫头鹰"，可他吃惊地看到，猫头鹰会议的其他成员把刚加冕的大王围起来，形成了一个"保护圈"。斯莱金十分感激这些猫头鹰，毕竟伊西德里斯是一只强大有力的鸟，即使现在很虚弱，没有守卫的保护，他也难免会受伤的。伊西德里斯被同伴们的所作所为气得说不出话来，可是一看托马尔的脸，他马上明白了，不禁哈哈大笑起来。

"看好了，斯莱金，"托马尔大声说道，"好好看吧，你的末日到了！"

只见北边和西边出现两朵黑云，虽说是云，可飘得也太快了。斯莱金惊恐万分，简直不敢相信自己的眼睛——一大群大雕和鹰族正迅速飞来，越来越逼近这里。

负责警戒的鸦鹊发出警报，可是宴会上的众鸦鹊根本不理会，只顾着打来打去抢东西吃。只有部分鸦鹊拍打着翅膀飞上天去，迎战飞来的进攻者。于是空中展开了一场大战。天空中的嘶喊声终于使更多的鸦鹊意识到危险，于是纷纷放弃食物，加入了空中大战，去抵抗那些食肉猛禽。

托马尔得大声喊叫才能让自己的声音在厮杀声中被听到：

"你本来就安排了一场死亡演出，好让你的那些信徒开心一番。我们怎么也不能让他们失望啊，虽然我觉得他们可能没有一个能活到最后。现在就开演吧！"

托马尔一声令下，所有的猫头鹰都向斯莱金扑去，把他撕了个粉碎。鸟国之王的统治几乎还没开始就完结了。托马尔低头看着地上斯莱金的脑袋，愤愤地说："这下好了，你就好好看吧。"老猫头鹰重复地念叨着："好好看着你的末日吧！"

*　　　*　　　*

特拉斯卡一直等到看守已经死了，才偷偷走出监禁他的地方。这下子他自由了。他抬头一看，却看到进攻的大军已铺天盖地。他真够机灵的，马上躲起来，避开了头顶上飞来飞去的大鸟。他不想参加战斗。让别的傻瓜去作战，去浪费精力丢掉性命吧！特拉斯卡偷偷地朝外看，突然看到叽哩克正飞向这支队伍，他气得大叫。这该死的旅鸫！一定是他把这些大鸟请来的——还有那只爱管闲事的老猫头鹰！特拉斯卡离开他临时的隐蔽地，飞回斯莱金的巢穴。他找了个更好的地方躲起来，然后等待着。

第十三章　生死决战

叽哩克和波尔蒂雅紧张地飞回附近的一棵树上，观看这场战斗。他们知道自己的任务已经完成，此刻应该让别的更有力的大鸟掌握鸟国的命运。情况看起来似乎不太好。尽管突然袭击对大雕和鹰族来说十分有利，但是他们在数量上不占优势。众猫头鹰看到上面打起来了，也成群地飞上天空。由于他们个子大、力气大，很快打了不少胜仗。托马尔和伊西德里斯并肩作战，另一边，斯托恩像个天神一般，在与鸦鹊的作战中战绩突出。达里尔带领那些鹰隼也在对付鸦鹊。可是他们很快发现，每只大雕或鹰隼都要对付两三只鸦鹊。为什么毒药不起作用呢？难道托马尔的计划失败了吗？

有几只鹰隼不行了，被一群鸦鹊拖着朝地面坠落下去。虽然鸦鹊死的死，伤的伤，但显而易见，大雕和鹰族的数量也在慢慢减少。当第一只大雕战败掉到地面时，鸦鹊们热烈欢呼起来。偌大的一群喜鹊马上扑到这只大雕身上，把他最后一点儿活命的希望也啄没了。然后，这些欢欣鼓舞的鸦鹊重新飞上天空，拼命要再打一场胜仗。

叽哩克害怕这场战斗会失败，转过脸来对波尔蒂雅说："我不能就这样坐着，什么也不做！"

这时候，那些喜鹊把托马尔包围了起来。这只老猫头鹰独自还击，虽然一开始有点儿效果，但是情况越来越不妙。即使托马尔奋力激战，但毕竟年老体弱，也抵抗不了这么多鸦鹊的同时攻击。叽哩克为托马尔感到揪心，他不能眼睁睁地看着自己的朋友被打倒。

正当他要飞上天空去救托马尔时，突然，意想不到的事情发生了。腐尸里的毒药开始发挥致命的作用，一批批鸦鹊痛苦地哀叫着，掉落到地面。与此同时，一大群海鸟嘎嘎叫着从东方飞来参加战斗，余下来的鸦鹊不知道该对付谁好。海鸟们的及时到来，大大鼓舞了大雕和鹰族的士气，他们振作精神，重新投入到战斗中去。战局正在反向逆转，变得对大雕他们有利。鸦鹊们虽然拼命地坚持作战，可是数量的优势已经被毒药一扫而光，而凶猛的生力军又让他们无法抵挡。这两个因素结合起来，鸦鹊们终于溃败了。许多想逃走的鸦鹊不是被抓住，就是因体内毒药的药性发作而滚落到地面了。

叽哩克简直不敢相信，他还没出手，战斗就一下子全结束了。没有几只鸦鹊能逃过此劫，能留下点儿伤让他们回忆回忆这场大仗的就更少了。斯托恩和达里尔翱翔在天空中，心中充满胜利的喜悦。满地都是死了的和垂死的鸦鹊。托马尔来到地上，跳来跳去，继续他的任务，送那些还活着的、痛苦万分的鸦鹊归天。他看到叽哩克朝他走来，满脸微笑。

他们两个还没来得及说话，克拉肯降落下来。"迟来总比不来好，对吗?"他有点儿气喘吁吁，嘴上因沾着血而发亮。

"我该怎么感谢你才好啊!"叽哩克问道，"我本以为我的游说失败了呢。"

"你是失败了，我的小朋友。"克拉肯回答道，"我们这次来，另有原因。当你失去了一个孩子的时候，你就会为了孩子而向杀害她的凶手报仇!"

克拉肯解释道，特拉斯卡无缘无故杀害了他心爱的女儿。一只恶鸟拿无辜的孩子发泄私愤，这种行为简直令他忍无可忍。随意杀戮的暴行现在已经得到了十倍的制裁。

正在他们说话间，达里尔、斯托恩和伊西德里斯也来了。这真是英雄大聚会，他们交谈了很久，讲述着这场战斗的前前后后。得知鸦鹊痛苦难忍是因为毒药时，叽哩克对托马尔无比钦佩。只有托马尔才能想出这一招！这时，"大猫头鹰"塞里瓦尔刚杀死最后一个敌人，正飞到他们当中来。托马尔向塞里瓦尔介绍了叽哩克，并称赞他英勇无畏，叽哩克不好意思地红了脸，可是老猫头鹰的话得到了大家的一致赞同。在场的每一只鸟都对他的成就惊叹不已，他们都急于要详细地听听他的故事，因此，整个故事的经过大家都知道了。

不过这时，托马尔却感到很不放心。虽然他不想破坏庆祝胜利的气氛，但还是忍不住说出了他所担心的事。

"特拉斯卡怎么样了？"

五个大脑袋转向老猫头鹰，是啊，特拉斯卡去哪儿了？一旁一个小点儿的脑袋里却想着另一个问题。波尔蒂雅在哪里？叽哩克不禁感到愧疚，他竟然把他的伴侣差点儿忘了！她会到哪儿去呢？他突然想起，他跟心上人最后的讲话竟然那么匆忙。于是，叽哩克先行告退，飞出去找波尔蒂雅了。

斯托恩第一个回答托马尔的话，不过他显然并没有把握："特拉斯卡最后露脸是在我的地盘，他陷在兔子洞里了。我派了大雕把守洞口，如果他逃走，他们会向我报告的。"

"不过他确实逃走了。"托马尔严肃地回答，"要不是特拉斯卡残酷地害死了克拉肯心爱的女儿，克拉肯根本不会到这里来。"

"对，"大海鸥说，语气中含有很大的怒气，"你的那些雕应该看守得更紧些。"

托马尔连忙调解道："不要咱们先吵起来，现在不是互相责怪的时候。况且我们已经取得了伟大的胜利，只是这个问题还没来得及确认。一定要确保特拉斯卡已经死了。"

"他怎么可能还活着呢？今天我们差不多杀死了这里所有的鸦鹊。"斯托恩哇哇地说着，对克拉肯的指责仍耿耿于怀。

"对于特拉斯卡这样的恶鸟，'差不多'还不行。"伊西德里斯拖长声音说，"在这里所有的鸟当中，只有我跟这只喜鹊面对面碰到过。尽管我们取得了伟大的胜利，但必须确定特拉斯卡已经死了，我才能安心。"

*　　　*　　　*

波尔蒂雅没能鼓起勇气飞上天跟她的伴侣并肩作战，她为自己的懦弱而感到沮丧。她不能眼睁睁地看着她勇敢的心上人战死。不过，战斗声传到她蜷缩着的地方，奇迹真的发生了，托马尔的计划实现了，他们取得了胜利！可是叽哩克还活着吗？她满脑子都是害怕失去了他的念头，她逃走了。她要找一个隐蔽的地方掩盖悲伤，于是她躲进一条黑暗地道里，任凭眼泪哗哗地流下来。

叽哩克这下急疯了。他回到和波尔蒂雅分开的地方，在那块空地上寻找她的踪迹。可是哪里有波尔蒂雅的影子呢？他喊着她的名字，飞到空中察看，生怕发现她死在那么多尸体中间。她不可能死的，对吗？他又飞回和她一起看大雕们作战的那棵树顶上。波尔蒂雅会在哪里呢？他不能失去她，没有了她，他根本没法活下去！

波尔蒂雅从藏身处出来，看见叽哩克跟那些大鸟待在一起，复杂的感情流过她全身。她为自己的伴侣感到自豪，也为自己的懦弱感到羞愧。她犹犹豫豫不敢飞到他们面前，于是跳着走出地道，躲进矮树丛，好让自己平静下来，顺便想找些食物送给她那位得胜的英雄。

*　　　*　　　*

"你怎么了？发生什么事了？"托马尔看到叽哩克垂头丧气地回来，关心地问道。

"我找不到她。我到处找波尔蒂雅，可都找不到！"

一种不祥的预感涌上托马尔的心头。如果知道那只喜鹊的消息就好了。老猫头鹰很后悔过早地可怜那些受伤的鸦鹊，他本该问问他们有关特拉斯卡的消息。现在后悔也晚了。

"你都找过哪些地方？"他问道。

"哪里都找过了！"叽哩克伤心地说。

"那么让大伙儿帮你一起找吧。七双眼睛总比一双眼睛强。"

于是，这些大鸟各自飞出去找波尔蒂雅，剩下叽哩克留在那里，不知道该怎么办才好。突然，他的余光注意到一条黑暗地道的入口。叽哩克不知道那是暴君斯莱金的巢穴，但这又有什么关系呢？斯莱金已经死了，他的痕迹已经从这世界消失了。叽哩克只知道，他得去找他的心上人！

波尔蒂雅回来时，正看到叽哩克准备进地道。她想叫出来，可是她的嘴叼满东西，发不出声音，而这时叽哩克已经进去不见了。她害怕得发抖。她隐隐地预感到，她的心上人会遇到可怕的危险。她小心地放下收集的食物，飞奔到他消失的地方。

＊　　　＊　　　＊

当叽哩克听到波尔蒂雅的叫声，他已经深入斯莱金的洞穴了。她的叫声急切并充满警告，叽哩克赶紧转身退回来。他加快脚步，绕过一个拐角，洞口就在眼前了。

可是，特拉斯卡黑白相间的身体像座塔似的一下子挡在他面前。距离太近了，叽哩克来不及做出任何反应，没有一点儿回旋的余地。特拉斯卡选择的伏击点太成功了。他伸出脑袋，尖嘴一下子刺进了叽哩克的胸口。一股鲜红的血从伤口喷涌而出，浸透了叽哩克的羽毛，使羽毛的颜色更加鲜红了。叽哩克遭受了致命的一击，向后倒去。特拉斯卡用一只翅膀揩抹他血淋淋的嘴。

"这是回报给你的，叽哩克，回报你给我和我的同类带来的所有麻烦！我还从来没有这样痛快地消灭过一个对手！"

特拉斯卡说完，转身钻入黑暗中去了。

波尔蒂雅找到叽哩克的时候，他还有口气。可是一看到他身上的伤口，她就知道他没救了。她用两只翅膀轻轻地抱住他的头，悄悄地跟他说话。她告诉他，她深深地爱着他，她讲到他们对未来的希望和梦想。他紧紧地闭着双眼，身体僵冷，心脏停止了跳动。波尔蒂雅亲吻他，吻了又吻，然后哭起来，哭得全身发抖。一个身影落到她的身前，她抬起头，看到托马尔慈祥的脸。他轻轻地拉着她的翅膀，带她离开。

"叽哩克是我认识的鸟中最勇敢的，你一定要为被他爱过而感到自豪。"托马尔庄严地说。

"自豪，是的，而且光荣。我们的爱将永存。虽然他的肉体将被蠕虫啃食，但他将永远活在我的心中，直到我生命的终结。请答应我一件事情，托马尔。请把整个故事写下来，让叽哩克永远被记住。他完全配得上这样的荣誉。"

"我可以向你保证，"托马尔回答说，"只要有鸟活着，叽哩克就会被记住。"

尾　声

卡佳自豪地看着她强壮的孩子学习飞翔。他飞来飞去，一会儿向下俯冲，一会儿又忽地飞起来，为自己的本领乐得来回盘旋。接着，他掠过溪谷，飞回妈妈的身边。

"做得好，儿子，你一天比一天有进步。不断努力吧，你会更强壮的。虽然你的敌人强大且恶毒，不过善与你同在，善良最终将战胜邪恶。你一定能战胜他，我的好儿子！"

听了这番称赞，小喜鹊的胸口挺起来，再一次飞到空中。他多么想让妈妈快乐啊！

*　　*　　*

曙光照到大密林的树梢时，波尔蒂雅心满意足地坐在她的窝里。叽哩克死后的这几个星期，她一直在悼念他。时间是最好的医生，她身下的两个红棕色的鸟蛋，减轻了她失去伴侣的悲伤。未来将是他们的。她的孩子们将活在一个自由的世界里，这要感谢叽哩克——他们的父亲所做的努力。

"叽哩克，亲爱的，我向你保证，我一定会养大我们的孩子。曾经，我的愿望很自私，可是失去你以后，我才明白你是对的。鸟国的未来远远比一对旅鸫的未来要重要得多。因此，我向你发誓，我的英雄丈夫，我一定努力向你学习，为鸟国做贡献。那些比我聪明的头脑将会做出复兴鸟国的计划，我一定会完全按照他们的计划去行动——以你的名义去做，以此作为对你的缅怀。谢谢你，邪恶已经被铲除，正义重获新生。谢谢你，我亲爱的叽哩克，我们自由了!"

就这样，在太阳庄严地升上地平线时，波尔蒂雅仰起头，放开嗓子开始高唱起来。

鸟 国 之 欢

第一章　重建秩序

在林中空地，梅里昂和奥莉维亚静静地坐在他们妈妈的身后，又惊奇又敬畏地看着眼前的一切。波尔蒂雅作为贵宾应邀参加猫头鹰会议的再次集会。这时候正值春天，距离摧毁斯莱金及其鸦鹊帝国，已经整整六个月了。在整个晚秋和漫长的严冬，所有的鸟都在庆幸，他们终于活下来了，只可惜有一些飞鸟没能活到阳光宜人的这一天。"大猫头鹰"塞里瓦尔心满意足地到另一个世界去了，他知道，那些不安和痛苦的可怕年头终于过去了。

托马尔现在领导着有八名成员的猫头鹰会议。在对抗鸦鹊的战斗中，三只猫头鹰会议成员牺牲了，加上"大猫头鹰"塞里瓦尔，猫头鹰会议丧失了三分之一的力量。不过，这次会议还请来了几只非常尊贵的鸟。达里尔和斯托恩从遥远的高地飞来，还有克拉肯，他从海岸边又一次飞到内地来了。最后一个位子空着，是为了纪念叽哩克。要是没有他，猫头鹰会议就开不起来，更别谈鸟国的未来了。

打败鸦鹊以后，大雕和鹰族在全国巡逻，解散残留的鸦鹊帮，搜寻特拉斯卡。可是这只恶鸟踪影全无，完全消失了。冬天来临后，他们停止了追踪，天气严寒，所有鸟都希望暖和点儿再继续工作，于是新秩序的重建中断了。现在春天到了，所有鸟又开始为未来做打算了。

当前会议的迫切任务有两个：一是评估出鸦鹊现存的威胁有多大，二是为重建鸟国制订计划。托马尔认为，第一件要做的事就是全面调查鸟国有多少种鸟仍然存在。这个任务实在繁重，但是非常重要，因为要恢复原先的生态结构和自然秩序，就必须这么做。可是怎么恢复呢？几乎可以断定，无数种鸟都已经被斯莱金的残酷大军灭绝了。损失那么惨重，大自然的平衡能恢复吗？

托马尔的开幕词说得简单而有说服力。他动人地称颂叽哩克："叽哩克的成就巨大，虽然他个子小，却有一颗无比伟大的心！他的勇敢和奉献精神将会永远鼓舞着我们！"

波尔蒂雅听到托马尔这样赞颂她的伴侣，胸口不由得自豪地挺了起来。可是对两只小旅鸫——叽哩克的两个孩子来说，他们惊叹的不是这些称赞。他们从来没见过这么多了不起的大鸟，每一只猫头鹰看上去都值得敬畏：小猫头鹰凯特琳同她那些参加猫头鹰会议的同伴相比，看上去有些滑稽；克拉肯那黑色的大翅膀、凶狠的黄嘴巴和海盗似的目光，着实把他们两个吓得够呛；还有达里尔，他目光尖锐，长着吓人的钩鼻子，其可怕程度也不亚于克拉肯；至于斯托恩，这只出色的大金雕蹲在树枝上，好像整个世界都是他的。

然而，这三只巨鸟同样恭敬地听着托马尔讲话，他们频频点头，赞成猫头鹰对他们已故的英雄朋友的评价。尽管重创了鸦鹊集团，但损失了叽哩克，对鸟国来说依然是一个悲剧。这只旅鸫的死让大家产生了强烈的责任感，他们必须努力使鸟国恢复繁荣和昌盛，以此来纪念他。

"我们一定要复兴鸟国，不让叽哩克和在战斗中献出生命的每一只鸟白白牺牲。"

听了他这充满智慧的话，全体与会者都点头表示同意。斯托恩向托马尔示意他想发言，猫头鹰点点头。

"我们的任务重大，"大金雕低声说，"必须做出一些非常严肃的决定。鸦鹊把小型鸟类残酷地消灭了，可杀戮不但影响到他们，还影响到体形大点儿的鸟，使他们开始蚕食自己的同类。为了填饱肚子，他们不得不这样做。不能再这样继续下去了。从今以后，我们必须保证每一只小鸟的性命不受侵害，因此，必须找出一个办法来维持他们的数量。

"这样做一定免不了使我们和人类的冲突变得更大。因为我们活着就得吃饭，而我们食物中不足的部分就只能从人类的家畜和庄稼中取得。你们全都能想象到，这会有多大的风险。我说的不仅是像我这样的食肉禽类，其他鸟类很大一部分食物也需要从人类的庄稼中取得。因为我们必须遵守同昆虫的约定，每只鸟都不能违背托马尔对他们做出的承诺。凡是破坏约定的，都要付出生命的代价。"

大金雕说到这里停下来，环顾了一下整块林中空地。他的发言清楚明白。斯托恩知道会议的信息将会传遍全境，传到每一只鸟的耳朵中。公约是会被遵守的，只要猫头鹰会议始终强大，就可以实施这个公约。不过鸟国需要有个理由来信任猫头鹰会议，他们需要看到明确的方向——一个未来的计划。斯托恩再一次看向托马尔：

"我可以请问一声，'大猫头鹰'心中有什么计划吗？鸟国的未来现在由你负责了，我作为鸟国的一员，深信这个国家已安全了。但关于未来，你怎么看呢，托马尔？"

关于未来，这只老猫头鹰的确想了很长时间，于是他马上说出他的想法。鸟国需要增加鸟的数量，托马尔相信，要达到这个目的，唯一的办法就是鼓励羽翼国的小鸟移民过来。羽翼国位于鸟国对岸的陆地上。斯莱金帝国闭关自守，因此这片土地上的残暴统治还没蔓延到那片遥远的地方。现在需要有一只鸟做好远渡重洋的准备，他得飞到羽翼国，尽力劝说大批小型鸟类迁徙到鸟国来安置新家。

波尔蒂雅作为叽哩克的伴侣，在猫头鹰会议上，特别是在托马尔眼中，就成了这个使者的理想人选。不过，老猫头鹰担心她的安全。在他的心里，他已经感到要为一只勇敢的旅鸫之死负责，因此他犹豫着要不要让叽哩克的伴侣去完成这项重任，他怕把她置于危险境地。

可波尔蒂雅渴望去做这一次重大冒险，她想像叽哩克那样，成为一只有用的鸟。然而，母亲的天性又让她左右为难，十分苦恼。梅里昂和奥莉维亚虽然已经学会了飞翔，越来越能独立生活了，可是一直以来，他们三个相依为命，波尔蒂雅舍不得离开他们。尽管如此，她知道她不仅要做好一个妻子和一个母亲，还应该承担起更大的责任。因此，当这个建议被提及时，波尔蒂雅毫不犹豫地答应了。

托马尔看出了波尔蒂雅的担忧，主动提出了照顾这两只小旅鸫的请求。听说托马尔会教导他们，梅里昂和奥莉维亚很高兴。他会讲那么多故事，又熟悉鸟国的历史，因此，他们原本害怕妈妈离开的坏心情被一扫而光，转而兴奋地大喊大叫。波尔蒂雅这才放了心。

*　　　*　　　*

特拉斯卡知道，到这个荒凉的地方来，是一场冒险。统治这座风暴岛的冠鸦又大又可怕，不过传说他们很低能。特拉斯卡很高兴可能的同盟者是这帮家伙，这会给他所需要的一切提供机会。在被斯莱金监禁的这段时间里，他学会了用凶蛮的力量来做防卫，好在背后制订他的邪恶计划。

事实上，那力量根本没帮上斯莱金的忙，但特拉斯卡有办法让它为己所用。他知道他正在被无情地追捕，联合起来进攻鸦鹊帝国的同盟军正在追杀他，就像他曾经追捕小旅鸫一样。这只喜鹊一回想起他干过的谋杀勾当，就得意地咧开嘴笑了起来。杀害那只该死的旅鸫简直太过瘾了，这对托马尔和他强大的猫头鹰会议来说，都是一个沉重的打击。一想到那只老猫头鹰，想到他的才智夺走了斯莱金的胜利，又摧毁了喜鹊统治一切的计划，特拉斯卡就气得直跳脚。就是因为托马尔和叽哩克，他才被迫逃离家园，成为一个逃亡者。不过，特拉斯卡不打算再东躲西藏了。他要报仇，找托马尔报仇。他太急着要报仇了，他从来都是想到什么就要做到什么。

冠鸦的藏身处在一个极难进入的山区，山坡上满是碎石，山谷两边都是峭壁。尽管层层设防，冠鸦的数量还是不多。他们袭击羊和其他小牲口，因此遭到岛上农民的痛恨，每一只冠鸦都被标了悬赏金额，只要被人看见，准会被人从天上打下来。特拉斯卡知道这些巨鸦的可怕之处，但他深信自己的智力比他们高得多。

猛然间，两只冠鸦已经落在他身边，一边一只。他们黑色夹着奶油色的羽毛无法与特拉斯卡黑白相间的羽毛相比。

"你是谁？在这里干什么？"一只冠鸦问他。

"我到这里来不是同你们这等冠鸦说话的，我要见你们的头头！"特拉斯卡凶狠地哇哇叫道。

"哦，你可以见他，没问题。不过要先回答几个问题。"另一只冠鸦说。

"我希望不要花太多时间。"特拉斯卡厉声对他们说，"我有要事见他。要是他知道你们这么对我，会不高兴的！"

"我们准备冒这个险。"第一只冠鸦回答说，"好，那么请回答我，你是谁？从哪里来？你到这里来干什么？"

特拉斯卡用一种令人难堪的轻蔑口气回答道：

"天啊！一下子提出这么多问题，你们也不怕累！我的名字叫特拉斯卡，是从鸟国一直飞到这里来的。我的事情跟你们没有一丁点儿关系！现在别再浪费我的时间了，马上带我去见你们的头头！"

他是那么颐指气使。两只硕大的冠鸦转过身子，说了一声"跟我们来"，就飞上天空，拍着翅膀飞走了。他们飞了很久，绕来绕去，好像存心绕路，怕别人记住后自己找来似的。终于，他们把特拉斯卡带到一个洞口，周围都是草木，十分隐蔽。洞口有两棵巨树，像两个哨兵一样守卫着洞的深处。每棵树上都架着几根栖木——又大又乱，那是大冠鸦的歇脚处和哨所。

洞里很黑，充斥着喧闹声。洞顶很高，不断响起鸟叫的回声，这洞就是他们的作战基地。特拉斯卡看到，昏暗处躺着几具小羊和小牛的尸体，都腐烂了，不时地会有一只大冠鸦跳到腐烂的尸体上去拼命啄食，把腐肉大口大口地吞下肚子。看来农民痛恨这些食肉飞禽不是没有道理的。

特拉斯卡被带到洞的深处，看到了一只巨鸟。和这只巨鸟相比，其他冠鸦简直又矮又小。这位首领的名字叫多纳尔，特拉斯卡在他的面前有点儿胆怯。不过他打起精神，用更尖锐的目光盯着对方：多纳尔的脑袋很大，长着一张尖利的黑嘴；他的身体就好像是用这石洞里的岩石做出来的一样，硬邦邦的；他两眼无神，一点儿智慧的光也没有。特拉斯卡决定先灭灭他的威风。

"又浪费我时间！什么时候才能跟你们这些笨鸟讲明白呢？我要见你们的头头！"

"这里就是我掌管的，你最好说话小心点儿，管好你的舌头！要不，我就把它拔出来！"

"那么请你报上名来，并且对你的上级表示一点儿敬意！"

"什么鬼东西让你成了我的上级？"多纳尔略带嘲讽地问道。

"这个嘛，首先我有脑子。"特拉斯卡轻轻咕哝了一声，"你不过是这群可怜巴巴的生满羽虱的东西的头头，我一点儿看不出这有什么值得神气的。我在鸟国是所有鸦鹊的王！"

"那么对不起，陛下！"那只大冠鸦深深地低头鞠了一躬，接着转过脸去向他的手下哇哇下令。十几只冠鸦立马扑到特拉斯卡身上，准备等他们的头头一声令下，马上把这只喜鹊撕成碎片。

"折断他的一只翅膀。"

两只冠鸦一下子把特拉斯卡按倒在地，第三只冠鸦把他的一只翅膀反扭，只听到骨头发出像小树枝被折断那样的咔嚓声。那痛真是撕心裂肺啊！可特拉斯卡强忍疼痛，重新站了起来，用轻蔑的目光看着多纳尔，极力掩饰自己伤得多重。

"你太没脑子了，也不想想我为什么到这里来！你知道自己的麻烦吗？你是一个笨蛋，你就是一个大笨蛋！"

"断了翅膀的可不是我。"多纳尔争辩道。

"翅膀会好的，"特拉斯卡说，"我就留在这里等着痊愈。你正好有一位客人要照顾。"

"我干吗要照顾你呢？只要把你赶走，你转眼就会被猎人打下来。那我就用不着为你操心了。"

"你还是没听懂,对吗?我到这里来对你是件再好不过的事了,我可以给你一个你做梦也想不到的大好机会。"

　　"哦,是吗?那你说说吧!"巨鸦不相信地看着他。

　　于是特拉斯卡把他的意图说了出来:"你们在这片土地上是亡命之徒,躲躲藏藏,害怕人类的追捕,一天到晚要为性命担忧。可在鸟国,人类对我们没有真正的威胁,我们是天空的主人,可以自由地飞来飞去。那里地大物博,食物充足,像天堂一样。去跟我们鸦鹊一起生活吧!我们的数目比以前少多了,你们在我们中间不会有竞争的。"

　　"你真是太慷慨了,鸦鹊之王。可我还是不明白,你这么热心是为了什么。"那只体形庞大的冠鸦半信半疑地看着特拉斯卡。

　　特拉斯卡回答说:"因为我需要一些帮手。我们鸦鹊在鸟国有敌人,别的鸟妒忌我们的权力,向我们发动了战争。我们当然赢了,不过数量减少了。在那场战斗中,我们失去了一些精英,我要报仇。你们这一大群冠鸦可以给我提供力量,永远地征服我的敌人。作为回报,你们可以得到一个安逸的家,不用再提心吊胆地过日子了。"

187

"我必须说，很感谢你的好意。"多纳尔用和解的口气说道，样子也不那么咄咄逼人了，"我们一开始对你很不友好，不过现在，我们都看到对方的长处了。让我试试看怎样来弥补我对你的粗鲁吧。我叫多纳尔，是这群冠鸦的头头。我的两个手下——芬巴尔和肖尼，你已经见过了。"多纳尔指指那两只把特拉斯卡送到这里来的冠鸦，"他们告诉我你叫特拉斯卡。"

特拉斯卡发现他们的记性很好，就简单地回答了一声："是的。"

"好，特拉斯卡，我希望你能原谅我们，并接受我们的招待。现在我们是朋友了。"

"我从来没有朋友，要找朋友也不会找你们这帮家伙！"特拉斯卡心里想，可是他没说出来，只是微微笑了笑。

"我飞了很长的路，已经非常疲倦了，或许有个地方可以让我休息。"

多纳尔向他的两个手下吩咐了一声，特拉斯卡就被带到了洞口一棵小点儿的树下。树上有许多树枝，其中几根离地面很近。芬巴尔用嘴叼住一根树枝尖，用力把它拉下来，好让特拉斯卡不费力气地跳上树枝。特拉斯卡由于翅膀受伤，不得不踩着树枝往上爬，一直来到树顶一个舒服的地方。他又累又痛，倒下来就一动也不动了。过了一会儿，他累得连翅膀上的痛也感觉不到，很快睡着了。

第二章　准备启程

波尔蒂雅有很长一段路是在托马尔的陪伴下飞行的，就像以前她在叽哩克的陪伴下那样。一路上，他们两个讨论着对于鸟国的未来至关重要的每一件事。他们计划复兴鸟国，把其他鸟带回他们珍爱的大地。

要克服的第一个困难，就是波尔蒂雅该怎样完成对他们来说至关重要的长途旅行。当然，她已经跟从叽哩克飞过很远的路，托马尔对她的耐力毫不怀疑。不过旅鸫是没有迁徙习惯的留鸟，不是候鸟，老猫头鹰担心波尔蒂雅难以辨别方向。她只习惯在陆地上飞行，要是让她渡过那么一大片水域，又没有路标指引，只怕她就会迷路了。

可是没有别的选择。大多数候鸟在斯莱金的第一轮暴行中已经被屠杀殆尽，仅存的一些也逃走了。托马尔毫不怀疑，逃走的那些鸟已经把鸟国所遭受的可怕破坏和大屠杀的消息传了出去，他们根本不可能愿意替波尔蒂雅完成使命。波尔蒂雅将有很繁重的工作要做，她要说服羽翼国的那些鸟，告诉他们，鸟国现在是一个安全和理想的居住地。

但首先，他们要解决横渡大海这件事。托马尔已经跟克拉肯大致商谈过，克拉肯认为，要想飞得最省力，得靠风向的协助。当他们两个继续谈论波尔蒂雅可能要进行的各种飞行时，这只老猫头鹰已经牢牢记住了最适合飞行的日子。波尔蒂雅倒是相信自己能到达目的地，尽管前途有种种不确定性，但并没有什么让她特别担心。

可是完成这个艰巨的任务以后，波尔蒂雅的真正难题才出现。在羽翼国，她没有旅伴带路，只能独自前往各个陌生的地方，而且最困难的是语言不通。候鸟由于生活需要，会说多种语言，一般在他们所到之处都能与当地鸟类畅通交流。可是留鸟不同，他们只会讲本地语言。猫头鹰和旅鸫都担心这会让交流变得困难。

思考了很久以后，托马尔想出了一个合理的解决办法——波尔蒂雅得在当地物色一只候鸟帮助她，这只候鸟必须是在往年的迁徙中到过鸟国的。只要找到这么一只候鸟，波尔蒂雅就可以请他做翻译。

在商谈的过程中，托马尔留心观察着眼前这只美丽的小旅鸫。她是一只优秀的鸟，与她的伴侣一样勇敢、顽强、富有活力，拥有良好的心态。叽哩克选择了一个好配偶。猫头鹰会议的一些成员曾经怀疑，像波尔蒂雅这样一只小雌鸟，能胜任鸟国使者的职责吗？托马尔竭力使他们消除了怀疑。他说，没有别的鸟比她更适合承担这个任务。现在跟波尔蒂雅商谈之后，他越来越确信自己对她的信任是对的。倘若有谁能够成功，那就是她！

*　　　　*　　　　*

在遥远的北方，卡佳看着她的儿子高飞，内心充满了赞美和惊叹。复仇小子在空中非常矫健，姿态优美，那条长尾巴并不妨碍他飞过天空的动作。复仇小子如今是一个小伙子了，可还是紧跟着妈妈。他很想找个伴侣安家，可他知道卡佳给他安排了另一种命运。在他完成复仇使命之前，他的生活都不能属于他自己。

卡佳一直向当地的鸦鹊打听消息，她对特拉斯卡的描述很快就得到了附近几个邻居的确认。从他们那里，她知道了他的名字叫特拉斯卡，他从老远的南方飞到这里来，是为了追捕一只旅鸫。她还知道特拉斯卡卷入了一场同大雕的惨烈大战，她向一些喜鹊问起这场大战时，他们心有余悸，不肯多说。只有一只鸟告诉她，见过她正在寻找的那只喜鹊。

"噢，对了！我记得，没错，特拉斯卡，是一个狡猾的东西。他欺负我们，还骂我们。一有机会他就妄自尊大，盛气凌人；可是一到打仗，他就消失得无影无踪了。大家都以为他已经死在大雕的爪子下，被带走了。可是我看到过他，这个胆小鬼溜进了一个兔子洞，躲了起来。"

"后来你还见过他吗？他还活着吗？"卡佳问道，急于多打听一些消息。

"噢，他会活着的，没问题，他那种家伙总能活着。不过在这一带没再见过他，他可能回到他原来的地方了。也可能仍旧在追捕那只旅鸫吧，他不会空嘴而归的。如果你知道关于他的事，你就会相信这一点。听说他和斯莱金有私交，可他和我没有，如果让我碰到他，我一定会咬断他的脖子！"

卡佳谢过这只喜鹊，飞回了自己的窝。她对刚才听到的这些事情气得不得了，可又无能为力。她不能就此罢休，一定要让特拉斯卡偿还那场暴行的伤害。他毁了她的一生。

她把希望寄托在儿子身上，只要她能找到那个坏东西，就一定要报仇！

＊　　　＊　　　＊

和那些傻瓜一起仅仅待了一个星期，特拉斯卡就几乎要哇哇尖叫了。他从来没有碰到过这么愚蠢的鸟。连他们的头头多纳尔也没有一点儿头脑，领会不了特拉斯卡向他提出的最简单的要求。冠鸦天性贪婪残忍，这本来可以让特拉斯卡的任务更容易完成。可多纳尔就是意识不到如何去鸟国攫取利益，并将利益最大化保存。

特拉斯卡本来十分担心他的同盟者会越过他，把获得的利益攥在手里，独享鸟国。而现在，他只担心多纳尔和其他冠鸦实在太笨，根本就不想去。他真怀疑他们是不是只学会了飞！

他的翅膀还是很痛，不过骨头没事，已经长好了。特拉斯卡知道，眼下最要紧的是让翅膀痊愈，直到完全适应飞行，于是他耐心地等待着。正是因为这个缘故，他和冠鸦们在一起时才按捺住了火气，他尽力控制住自己，不对他们那种愚蠢又木讷的可恨样子发脾气。他知道自己能驾驭他们，不过也知道他们一旦生气，很容易一下子就把他

194

干掉。

特拉斯卡和冠鸦们待在一起的时候，花了许多时间在计划怎么征服鸟国上。每当想到托马尔和叽哩克，他就满腔怒火，喉咙发烧。他的自负使他难以接受这样一个现实：他被他们打败了。不对！是斯莱金被打败了。他的计划被这两个该死的东西粉碎了。特拉斯卡是唯一一只在这场灾难中获得胜利的喜鹊。他杀死了那只旅鸫！但是杀死一只孤零零的小鸟，在特拉斯卡心中是微不足道的，现在最要紧的，是找到办法推翻猫头鹰会议，战胜托马尔。这只老猫头鹰如今已经代替了叽哩克，成为特拉斯卡最痛恨的敌人。

就这样，在特拉斯卡的受伤翅膀慢慢愈合期间，他处心积虑地要完成一个任务，那就是制订出使鸦鹊重新成为鸟国统治者的计划。而他，当然就是他们的领袖。

*　　　*　　　*

梅里昂和奥莉维亚一有时间就同他们的妈妈在一起。她跟他们讲她和叽哩克在一起时的故事，讲他的英雄事迹。奥莉维亚同样崇拜她的妈妈，觉得妈妈也和他们的爸爸一样勇敢。

"噢，不，亲爱的，你们的爸爸是非常特别的。"

"你也是，妈妈，你也非常特别。"

波尔蒂雅的两个孩子就这样帮助她建立起面对当前任务的信心。波尔蒂雅知道，孩子们的心一路上将和她在一起，这对她而言是莫大的安慰。

"你给我们讲讲那些兔子的故事，好吗?"奥莉维亚求她。梅里昂哈哈大笑，起劲地拍了拍翅膀，这也是他最爱听的故事之一。于是波尔蒂雅就讲给他们听，说那时候在山林里，喜鹊追捕他们，眼看就要没命了，全靠他们大胆地钻进兔子洞里，才骗过了喜鹊，免于一死。

"那些喜鹊以为你们凭空消失了!"梅里昂咯咯笑着，完全沉浸在故事中。

说实在的，这个故事他们和波尔蒂雅一样熟悉。在这两个孩子吃第一口食物时，波尔蒂雅就在用他们爸爸的那些故事来喂养他们了。他们知道爸爸的所有故事，妈妈讲的那些故事，他们几乎可以一字不差地背出来，可这并没有减少他们重复听这些故事的兴趣。不过这两只小旅鸫最想跟托马尔在一起。因为他们知道，他准还有更多的故事可以讲给他们听，不仅是他们爸爸的故事，还有鸟国自古以来的传说和神话。跟所有孩子一样，他们渴望知识，喜欢听故事。

三只旅鸫快快乐乐在一起的时间就这样过去了，终于到了临别的前一天，托马尔带着喜讯来到他们家。

"亲爱的波尔蒂雅，你好吗？准备好上路了吗？"

"我想是的。有点儿难过，说实在的，不过我太想要证明自己适合承担这个任务了。"

波尔蒂雅嘴上这样说，眼睛里却流露出了一点儿隐藏在内心里的恐惧，她怕自己不像她亲爱的伴侣叽哩克那样有毅力，她怕不能完成自己的任务。托马尔看出了这一点，想办法安慰她。

"我相信叽哩克选择你做他的终身伴侣，显示出了他最大的智慧。我也毫不怀疑，我选择你做我的使者，也显示出了我同样的智慧。这次旅途中，你将会遇到许多困难和危险。不过相信你能克服它们，我勇敢的小旅鸫。孤独将是你最大的敌人，不过我不怀疑你的精神力量。我只知道，叽哩克自从有了你和他一起分担任务，就变得轻松多了。"

"叽哩克将和我同在。"波尔蒂雅心中燃烧起希望。

"是呀，而且他还派了一个旅伴来帮助你！"

当托马尔说出他带来的喜讯时，他的眼睛里闪出一点儿逗弄的意味，犹如一位魔术师从他的帽子里拿出一只兔子时那样。

"这完全是巧合。"他的话让波尔蒂雅摸不着头脑，"昨天早晨来了个客人，你也认识的。他来看我，想给鸟国帮点儿忙。我想，遇到你和叽哩克，一定对他产生了很大的影响。"

"他是谁啊？他是谁啊？"波尔蒂雅吱吱地问，像孩子一样兴奋。

"他嘛，本来只是抓抓土找食物，靠猫吃剩的东西糊口，现在对他来说，这样的日子过得不带劲了。他曾救过你的性命，这是一份恩情，值得告诉下一代。"

"米奇！一定是米奇！"

波尔蒂雅一想到又能看见那只红腹灰雀，就掩饰不住内心的快乐。米奇曾救过她的性命，当时她蠢得想靠喝海水解渴。他的生活经验和智慧救了她。他还带路让他们去见海鸥的领袖克拉肯，尽管当时徒劳无功，但在善恶大战的最后关头，这次会面发挥了至关重要的作用。因此，对于维护鸟国一切美好的事物，米奇早就出过力了，而现在他还想做更多。

"是米奇，"托马尔说，"他听了我的建议决定陪你去，他说这对于他是极其荣幸的事。"

托马尔停下来，紧紧地盯住这只小旅鸫，她看上去并不放心。他很快猜到她的心思，安慰道：

"我亲爱的波尔蒂雅，米奇的到来是一件令人快乐的大好事。虽然他不是猫头鹰会议选定的，他的帮助也没有被会议成员看作是必不可少的，但既然他愿意当你的旅伴，我们可不能拒绝他，我相信他开朗的性格会在未来黑暗的时刻给你带来愉快。"

"我很高兴有他做伴。"波尔蒂雅回答道，"不过你说到'黑暗的时刻'，我有种不祥之感。托马尔，你在怕什么呢？我不由得猜想，你没有把所有的事都告诉我。"

"我把知道的事全告诉你了，我亲爱的朋友。让我担心的是未知的事情。我们缺乏信息，我们和鸟国之外的世界隔断了。自从小型鸟类被大批杀害，就没有一只候鸟敢到我们的海岸来，他们知道来了就会没命。因此，我不能确定你是不是会飞到危险中去，飞到跟我们在鸟国遇到过的同样的危险中去。"

波尔蒂雅看上去真有点儿担心。"你不会觉得羽翼国的鸦鹊也都像斯莱金那样邪恶吧?"

"我相信不会是这样的。"托马尔说,又加上一句,"不过如果我不用送你启程,我会更快活些!"

第三章 复仇小子

又过了三个礼拜，特拉斯卡那只受伤的翅膀才基本痊愈，可以试飞了。他首先借助那只更有力的翅膀，不断改变飞行路线。只有强大的意志力，才能支撑他这样过度使用那只受伤的翅膀。最初的几天，他回到休息的地方时，已经筋疲力尽。不过，他的体力在一点儿一点儿恢复，不久就可以尝试更远的飞行了。他飞向远方，穿过田野，天黑时才回来吃点儿东西睡个觉。跟那些大冠鸦在一起，食物总是很多。对大冠鸦来说，他们像是处在地狱的边缘，就等特拉斯卡伤好了跟着他去做他所说的那种旅行。每次特拉斯卡跟这些大冠鸦聊天，都借各种机会向他们强调他那充满诱惑力的计划。他描绘出一块富饶的土地，一种舒适富裕的生活，完全没有他们现在面临的危险。

有两只冠鸦不够小心，被一个农民的双筒猎枪打了下来，这件事帮了特拉斯卡的忙。这是最有说服力的事，证明这个地方不适合他们生活。特拉斯卡暗暗感谢这个农民无意中帮了他。

于是冠鸦们开始准备飞往鸟国的长途飞行。多纳尔决定，先派二十只冠鸦跟特拉斯卡一起去，他让手下芬巴尔负责带队，其他冠鸦则留在原地不动。两个月后，如果鸟国的一切正如特拉斯卡所说的那样，芬巴尔就派三只冠鸦带信回来，多纳尔再带领余下的冠鸦一起到那块新土地上安家。

特拉斯卡对这种安排感到很高兴。他毫不怀疑自己有能力在芬巴尔心中播下反叛的种子。尽管这只冠鸦愚钝，但在特拉斯卡阴险狡诈的怂恿下，也明白了成为这一小群冠鸦头头的好处。只要让芬巴尔得到那点儿可怜巴巴的权力，特拉斯卡就能让那群冠鸦听自己的话。二十只这样的大鸟，凶狠有力，又容易操纵，靠他们来达到自己的目标绰绰有余。他不打算在鸟国发动大战，除了大战，还有别的办法可以战胜他痛恨的那些敌人。特拉斯卡简直太痛恨猫头鹰托马尔了！

*　　　*　　　*

卡佳和复仇小子进行了一次深入的交谈。他们在一起已经坐了好几个小时，而他们谈的只是复仇小子的使命。一开始，卡佳只是表达她对已经长大的儿子的爱，接着，她第一次向儿子说出了特拉斯卡袭击她的整个恐怖事件。

她详细叙述了整个暴行，她的痛苦、耻辱，以及特拉斯卡的幸灾乐祸和无动于衷。她要燃起复仇小子的怒火，使他痛恨特拉斯卡，一心想着复仇。一想到这件事对她造成的伤害，卡佳就忍不住地哭，复仇小子马上温柔地抱住了他的妈妈。等她收住眼泪，他们开始仔细商量：怎么才能找到那个可恨的坏蛋？他们两个都知道，像他们这么弱小的喜鹊去追踪特拉斯卡将会碰到怎样的危险，而且危险不仅仅来自这只恶鸟。大雕们在搜捕鸦鹊的消息已经传遍了整个鸟国。乌鸦、寒鸦和喜鹊等都吓得逃离家园躲了起来。复仇小子想要追踪特拉斯卡，必须极其小心谨慎。他要向南飞很远很远，飞到大战的那个战场。大雕、老鹰、猫头鹰联军和鸦鹊之间展开大战的消息像野火一样蔓延，已经成为鸟国历史上最有名的事件，成了传奇。每一只鸟都知道一些细节，然后按各自的方式添油加醋，直到这场冲突变成了幻想式的战争。卡佳知道，特拉斯卡一定期待着成为这场恐怖事件的中心角色。

卡佳毫不怀疑，特拉斯卡会在这场大战中活下来。英雄业绩和光荣战死跟他毫不沾边。他会观望，从暴力和死亡中汲取养料，自己却游离在战斗之外。她仿佛看到特拉斯卡在战场的边缘爬来爬去，在受伤和残废的对手中攫取他渺小的胜利。战争把那里弄得乱糟糟的一片，复仇小子将要从那里开始寻找特拉斯卡，这将是一个不可估量的重大使命。

＊　　　　＊　　　　＊

当米奇那张快活的脸出现时，波尔蒂雅和她的孩子们刚刚醒来。这只红腹灰雀吱吱叫着打了个招呼，然后跳到了旁边的一根树枝上。波尔蒂雅整理了一下羽毛，让自己看上去更像样些，然后才朝他走过去。

"你早啊，波尔蒂雅，你今天看起来真漂亮。"

"谢谢。"她回答道，有点儿不好意思，但听了称赞的话还是很高兴。

"希望你别怪我这么早就来看你，我只是急着要跟你谈谈。我们去旅行的事太让我兴奋了。"

波尔蒂雅神情变得忧郁，声音也开始低沉起来。

"这件事不好办啊，米奇。我们有可能会遇到很大的危险。"

"我知道，托马尔全跟我说了。"灰雀回答说，"但至少我们能在一起。两个脑袋总比一个灵，对吗？"

"对，这对我来说是最大的安慰。谢谢你肯陪我一起去。现在都要离开了，我还说不准我是否有这样的勇气。"

"你当然有，波尔蒂雅。你的小爪子里就有比我全身还要多的勇气。你的勇气将是我前行的动力。不管飞到哪里，我一定紧紧跟着你。"

波尔蒂雅知道米奇不是胆小鬼，他这句玩笑话把她逗笑了。她毫不怀疑他会是一个好旅伴。

"那么我们什么时候动身呢，波尔蒂雅？"米奇急切地问道。

"明天天一亮就走。我相信托马尔已经给我们安排好送行了。希望我们最后能证明，他对我们的信任是正确的。"

"相信我，你一定不负众望，我只担心我会拖累你。在语言问题上，我也帮不了什么忙。天啊，我连猫头鹰的话也不大会讲，更不要说外国话了。"

"除了说话还有别的交流方式，我的朋友。"波尔蒂雅回答道，"我坚信选你是没错的，如果'选'这个字没用错的话。你开朗的性格，将会成为我们在羽翼国最有效的交流方式。"

"谢谢。不过你夸大了我的重要性，我只是陪陪使者罢了，重要的是你，波尔蒂雅。是你被选中了，我只是跟班的。再说，如果开朗的性格是交流的好方式，那我知道有一样东西更棒。"

"是什么?"波尔蒂雅好奇地问。

"美丽。"灰雀答道。看到波尔蒂雅因他的回答而脸红，他哈哈大笑起来。

当波尔蒂雅和米奇动身时，托马尔把猫头鹰会议的所有成员都请到了现场。这时候，两只小鸟站在第一道曙光里，被围在八只猫头鹰中间。托马尔请大家肃静，开始了发言。

"今天对鸟国来说，是一个历史性的日子。因为，我们必须再一次依靠一只旅鸫，为整个鸟国的利益去完成一项伟大的事业。波尔蒂雅，你的使命比你伴侣的使命更有建设性，我也更希望这次飞行能带来好结果。在我们眼里，你和叽哩克同样了不起。你和他一样自愿接受重托，冒着巨大的危险，飞到未知的地方去。如果你当初不接受这个

206

使命，也没有谁会责怪你。因此，为了你的勇敢和决心，请接受我们的谢意和敬意吧。还有你，米奇先生，请好好保护她，确保她的安全。最要紧的就是把她带回来，如果你能多带一两只别的鸟回来，我们也不会介意。"

林中空地响起了笑声。每一只猫头鹰都跟这对勇敢的小鸟告别，祝他们一路顺风。波尔蒂雅拥抱了她的两个孩子，两个孩子满面红光，都为他们的妈妈感到自豪。说完所有告别的话，一下子就到了真正分别的时刻。波尔蒂雅和米奇相互看了一眼，随即飞上天空，绕着林中空地飞了一圈，然后消失在天空中。

*　　　*　　　*

特拉斯卡带着一小帮冠鸦离开了，没有举行任何仪式。他的翅膀痊愈了，他恢复体力后就赶去听多纳尔安排他们飞行的事。特拉斯卡明显感觉到，那只冠鸦头头已经开始后悔原先的决定，现在只想缩小这次行动的规模，不要太声张。多纳尔要他们当天晚上就动身。特拉斯卡很想等到第二天早晨再走，因为夜里有那么多不可预知的危险，而且飞不了多远就要找地方过夜。可是多纳尔似乎急于摆脱他，因为特拉斯卡越来越受大家的欢迎，这让多纳尔很不高兴。特拉斯卡不想跟这位领袖争，也不想取代多纳尔在这块领土上的地位。于是，随着一声简单的道别，这一帮凶恶的鸦鹊就飞上半空，朝东去了。

特拉斯卡飞在芬巴尔旁边，很随意地和他交谈起来，趁机批评多纳尔的无理做法。

"你觉得他是在妒忌你吗？"特拉斯卡问道，"我觉得他非常急于要完全摆脱你。我想他觉得你对他的地位构成了威胁，毕竟你是这样一只强大有力的鸟。"

特拉斯卡的奉承话像符咒一样起了作用，他知道自己不费吹灰之力就能使这只蠢鸟顺从自己的意志。他们一路飞行时，特拉斯卡都在冷笑。天黑时，特拉斯卡请教芬巴尔在什么地方落脚过夜。其实，特拉斯卡早就找到了一个合适的地方，正想把他们带过去，可是他要让芬巴尔觉得这决定是他做出来的。

芬巴尔对这个问题根本没什么主意，理想的临时栖身地已经在眼前了，他赞成特拉斯卡的意见，于是成群的鸦鹊就降落到选定的树梢上休息。等到所有的鸟都安顿好了，特拉斯卡故意提高嗓门，好让所有鸟都听到他对芬巴尔说的话。

"这地方你选得好极了。对于我们这次飞行，我开始有信心了。有你带领我们，我知道我们绝不会走错路的！"

听了特拉斯卡的话，芬巴尔的胸口骄傲地挺了起来，特拉斯卡竭力使周围那些鸟附和他。

"对，芬巴尔是个好家伙。和他在一起，我们不会出错的。"其他冠鸦也随之附和道。

*　　　*　　　*

当复仇小子离开他的母亲，向南飞去开始寻找特拉斯卡时，他的心里有一种奇怪的复杂感情。他生下来就没有同伴，尽管他长得很壮实，恐惧却总是占据他的心，不过这种感觉很快就被另一种兴奋的感觉代替了。这次飞行，他将飞到许多地方，经历许多场面，面临许多危险，这些他以前都只是梦到过。他越想越兴奋，想要仰天大叫。他一直与外界隔绝，除了他母亲的爱和愤怒，他什么也不知道。可现在他自由了。噢，不，他还是被他的责任，被他的使命束缚住了。可是母亲不在身边，他有了一种被解放的感觉。他放开喉咙向云彩、太阳和树木哇哇欢叫，他不停地扇动翅膀，无拘无束地飞翔，什么也不管了。

复仇小子一飞就是许多里地，直到天黑了才停下来。

209

这一天，他觉得好像可以永远飞下去。天黑下来时，他开始物色过夜的地方。他没有怎么注意周围的一切，只凭太阳的位置确定了飞行方向。现在太阳已经在他的右边降得很低，光线很暗了。

一只鹰狠狠地抓了他一下。这只鹰从上面飞速地朝他直扑下来，爪子深深地陷到他的肉里。复仇小子痛得尖叫，开始拼命挣扎，想要从鹰爪里脱身。他挣扎得太凶了，反击又重又有力，老鹰没法飞，爪子慢慢地松开了，可是他已经受了很重的伤。老鹰抽出了一只爪子，想重新抓紧他。复仇小子又害怕又生气，拼命扑击，把两只翅膀挣脱了出来。随后他们在空中打转。

这只鹰受够了。她情愿到别处去捉一只更容易捕获的猎物。可是临走前她又做了一次袭击，靠近复仇小子的侧脸时转过头来，用弯嘴啄进了复仇小子的左眼，把眼珠啄了出来。这阵痛比浑身的痛还厉害，复仇小子昏了过去。

他像块石头一样往下掉，身子落在了只铺着薄薄一层草的坚硬地面上。复仇小子就这样露天躺着，一动不动，等候命运的安排。万一死神找上他，他也无可奈何。

第四章　旧地重游

　　波尔蒂雅和米奇出发后的第一个晚上，两个孩子十分乖巧。旅鸫妈妈和灰雀一走，托马尔马上想到，应该把梅里昂和奥莉维亚介绍给猫头鹰会议的每一位成员。每一只猫头鹰都赞扬了他们的爸爸和妈妈，两只小旅鸫大为兴奋，但是由于妈妈不在身边，马上就又扭扭捏捏的了。会议结束后，几位会议成员还有紧急事情要商量，托马尔和两只小旅鸫就率先离开了。

　　老猫头鹰不想说太多再见的话，以免奥莉维亚和梅里昂想起他们的妈妈而伤心。他拍着大翅膀从容不迫地慢慢飞行，和小家伙们的速度保持一致。他们一路飞时，托马尔给他们讲鸟国的建立和第一只"大猫头鹰"的故事。他就这样说着，时间过得很快，两个孩子被他的故事深深地吸引了，一点儿也不觉得累。他们听故事时还叽叽喳喳地提问题，只是由于飞得太久，问得太多，直到气都接不上来才住了口。

　　他们一路上只停下来一次，为了吃点儿东西、喝点儿水。尽管嘴里塞满了东西，梅里昂和奥莉维亚还是叽叽喳喳地询问往日那些英雄事迹，想要知道得更多。托马尔累坏了，他们那种求知欲让他无法招架。比起精神的劳累，比起跟上两个急着想听更多故事的年轻脑子来，老骨头飞痛了简直不算一回事。

　　可是一来到叽哩克初次到访时曾感到害怕的大密林，这对小旅鸫一下子不出声了。也许长途飞行让他们比表现出来的样子更累，他们都没有探索这个新环境的欲望。托马尔给他们拿来食物时，他们觉得应该有礼貌，于是对他表示感谢，可依然无精打采。吃完后，两只小旅鸫偎依在一起，耷拉着脑袋，看上去十分可怜。

　　一路上，托马尔都避免和两只小旅鸫提到叽哩克或者波尔蒂雅，不想让他们想起爸爸妈妈都不在身边而感到难过。可现在看到他们情绪低落，老猫头鹰决定讲讲他们的爸爸。托马尔问他们有没有听过叽哩克躲在一只天鹅背上躲避特拉斯卡的故事，听说孩子们已经听过这个故事时，猫头鹰又问他们知不知道达里尔和那只老鼠的故事。奥莉维亚和梅里昂又一次起劲地说他们知道。

　　看来，波尔蒂雅是用他们父亲的这些英雄故事来教育她的两个孩子的。要想巧妙地把两只小旅鸫从他们那种不安和沮丧的情绪中引出来，他得找一个他们没听过的故事。于是他决定把一个简单的故事加以改编，这故事是叽哩克在大战结束后，与他和塞里瓦尔、斯托恩、达里尔、伊西德里斯以及克拉肯坐在一起时讲的，当时大家正在各自讲述那次重大胜利前发生的事。

　　叽哩克实际上只讲了这个故事的框架，与他的其他英雄事迹相比，这个故事显得并不突出。叽哩克谦虚地说，在这场历险中，是运气起了作用。可是在座的所有鸟都明白叽哩克当时面临的危险，要是换作他们自己，他们真怀疑自己能否那么轻易地摆脱危险。

　　叽哩克当时生了病刚恢复，再加上朝北飞了很远，早已精疲力竭了，因此，他在暮色中选了柳树的一根低树枝安顿下来。叽哩克实在太累了，没有察看周围环境就叠起翅膀，倒头睡着了。他选的那棵树靠近大土堤，其实只要小心察看一下，他就该发现，在土堤这一边有个洞口直通狐狸窝。顺风的话，从洞里散发出来的气味也应该让叽哩克有所警惕。

第二天早晨，叽哩克被一阵鼻息声吵醒了，他看到一条毛茸茸的红色大尾巴从他的嘴巴前扫过。狐狸正带着他的猎物回到洞里来——他的嘴里叼着一只大肥鸡。他看到树枝上的叽哩克，停了一下，想撂下那只鸡来顿快餐。可叽哩克真是幸运，狐狸一夜狩猎已经吃饱，饥饿的小狐狸们又正在洞里等着他，因此叽哩克才躲过一劫。

托马尔看着两只急着听故事的小旅鸫，问道："你们的妈妈讲过叽哩克和狐狸的故事吗？"

"没有，从来没有。"梅里昂和奥莉维亚异口同声地回答。想到就要听到关于爸爸的新故事，他们十分兴奋。

"你们想听吗？"猫头鹰逗他们说。两只小旅鸫满面红光，早先垂头丧气的样子没有了。于是托马尔开始给他们讲这个故事。

叽哩克被吓醒了，他睁开眼睛，第一眼看到的是一个黑色大鼻子在他的嘴巴前面晃动。叽哩克顺着这个鼻子往下看，看到一条红色的长舌头，耷拉在狐狸的上下颚之间。叽哩克知道这上下颚随时会张开，把

214

他的小身体吞下去再闭上。他在狐狸的鼻子上狠狠一啄，狐狸痛得大叫，立马退后，满脸惊讶。

"你这样吵醒我是什么意思？我正在做美梦呢！"

"你不怕我吗？"狐狸问道。

"我为什么要怕你？你只是一只狐狸罢了。"叽哩克回答说。

"可我比你大多了。我可以把你整个儿吞下去，你甚至感觉不到你的身体滑进我的喉咙！"狐狸哇哇叫，对叽哩克那种无所谓的态度大为生气。

叽哩克知道自己这是在玩危险游戏，可还是得玩下去。"噢，我可不这么想。你显然不知道我是谁。"

狐狸狐疑起来，叽哩克煞有介事地停了一会儿，然后说下去："你以为我会傻到这步田地吗？假如你真能像吞饼干一样把我吞下去，我还会睡在这里，睡在这个危险的地方吗？"

叽哩克耸起浑身的羽毛，在狐狸面前摆出一副了不起的样子。

"你究竟是谁？"狐狸问道，声音里透着一点儿尊敬。

"我会说的，别急。"叽哩克回答，"首先，告诉我你叫什么。"

"我叫雷卡德。"

"那好，雷卡德先生，我是智者叽哩克，一个伟大的巫师和魔法师，不过我只是这样自称。其实我拥有无穷的法力，我只要看你一眼，就能把你变成一只癞蛤蟆，因此你要注意你的态度。我化装成这个样子，只是为了便于旅行，不然会吓坏像你这样可怜愚蠢的动物。"

叽哩克的口气轻蔑极了，狐狸被镇住了，一时不敢上前。尽管如此，叽哩克还是觉得狐狸离他太近，假如他逃得稍慢一点儿，狐狸就会一口把他吃掉。他醒来后还没工夫整理凌乱的羽毛，或者张开翅膀舒展下筋骨。这种情况下仓皇起飞，还是很难避开攻击的，叽哩克此刻只有靠自己的机智，才能活下来。

"也许，小崽子，有件事你可以替我做。"

狐狸都已经是只成年大狐狸了，却被傲慢的口气称为"小崽子"，这更让狐狸丧失了同他较量的信心。

"我能为大巫师做什么呢?"狐狸好奇地问道。

"这个嘛，我正在寻找野生大蒜。大家知道大蒜能治病，它对我的许多魔药有很大用处。你知道什么地方能找到它吗？"

"我有好大一片领地，在那里曾经见过一些大蒜。不过它们离这儿有好几里远。"

"数量多吗？我可不想为了几棵可怜巴巴的大蒜浪费时间。我要为我的魔药采到很多大蒜。"

"多，很多。"狐狸起劲地回答，似乎很想讨叽哩克的欢心。

"那就好。"旅鸫说下去，"我还累得慌，既然你把我从休息中粗鲁地吵醒了，那就请你把我背到那里去吧。或许你情愿一辈子当蚯蚓？不过我告诉你，蚯蚓的寿命可不长！"

"我背您去，噢，伟大的巫师，跳到我的背上来吧，我可以跑得飞快，一会儿就到了。"

"那就别废话了，我可没闲工夫，也许我还能在你的背上睡一会儿。"

说着，叽哩克从树枝上跳到狐狸光滑的背上，刚把小爪子伸到狐狸浓密的毛里面抓紧，狐狸就立刻跑了起来。

狐狸一会儿跳过障碍物，一会儿钻进植物间的狭缝，叽哩克被颠得头昏眼花。狐狸还不停地回头看看背上的旅鸫，生怕自己跑得这么横冲直撞，把大巫师惹生气了就会对他施魔法。

"您没事吧?"狐狸气喘吁吁地说，"我们差不多已经跑了一半路。"

"我不能说骑得很舒服，不过话说回来，速度倒很快。你尽管跑，小崽子，你就算把自己蹦伤了我也受得了。只要你有把握是这条路，那不舒服也值了。"

于是狐狸一个劲儿地往前跑，叽哩克坐在他的背上忍受着颠簸。最后，他们来到一片潮湿的小林子里，那里散发出强烈的大蒜味，呛得叽哩克直捂鼻子。

"我们到了，"狐狸说，"希望您能对这块大蒜地满意。"

"我想还不错。"叽哩克客气地回答说。

"您怎么带走这么多大蒜呢?"狐狸问道。

"你以为我是一个不中用的巫师吗?"旅鸫回答说，"一点儿小魔法就能变出一个篮子，大得可以装下整块地的大蒜。也许我会把你变成一匹马，这样我就能骑着你回家了！"

狐狸吓坏了，想溜。可是他又怕还没逃掉，巫师就已经开始施法了。再说他也十分好奇，想看看巫师的真功夫，看他怎样施魔法。

"不过这样做不公平，"叽哩克说下去，"你已经很客气，把我送了这么远，我不能再要求你做什么了。说实在的，我觉得应该奖赏你。我很累了，不打算现在就开始工作。你知道，我睡得太少。不过在休息之前，我可以先施点儿魔法，作为对你帮忙的感谢。我可以满足你一个愿望。你喜欢塞满地洞的肥嫩小鸭子吗？而且毛都拔光了，省得你吃得满嘴鸭毛？如果你喜欢，我可以给你和你的一家，足够吃上一个月的小鸭子。"

狐狸听说能有这么多现成的食物，眼睛里闪出贪婪的光芒。这样他就可以舒舒服服地休息一两个礼拜了。

"我太想要了！谢谢您，噢，善良的大巫师。"雷卡德回答说。

叽哩克闭上眼睛，装作聚精会神的样子。他在树枝上平衡双翅，用古怪的语言念念有词，像在念咒语。这只旅鸫正是在讲猫头鹰的古老语言，他出发前曾向托马尔学过寥寥几句。过了一会儿，他张开眼睛盯着狐狸看。

"好了，雷卡德，我的小崽子。作为一名巫师，这种事太好办了。现在你回到洞里去吧，让我睡一会儿。"

"洞里有多少只小鸭子呢？"狐狸问道。

"会让你大吃一惊的，"叽哩克回答说，"你连数都数不过来。"

雷卡德大流口水，连声道谢，飞快地沿着来路奔回去了。叽哩克跳上一根高点儿的树枝，开始整理起羽毛，准备继续飞行。

托马尔暗自高兴。他的小故事是杜撰的，但编得和叽哩克的英雄传说严丝合缝，也完全达到了哄小家伙们的目的。梅里昂和奥莉维亚听得入了迷，不再是刚到托马尔家时那种愁眉苦脸的样子了。托马尔跟他们道过晚安，答应还会给他们讲更多的故事，满足他们的要求。

托马尔把孩子们安顿好后，扇动大翅膀开始绕着他那片土地飞。他的大眼睛在四处寻找食物，同时也在注意其他动静。虽然照顾小旅鸫的任务是他自己愿意承担的，但也感到一个不小的担子落到了他年老疲惫的肩上。波尔蒂雅对托马尔绝对信任，自愿承担起充满危险的飞行任务，还把两个小家伙托付给他。她知道自己的孩子会得到很好的照顾，才放心上路了。这是一份重大的责任，它的分量对老猫头鹰来说等同于当"大猫头鹰"和鸟国的领袖，因为这两只小旅鸫非常特殊，他们的父亲是位英雄。而他们的母亲，谁能说她不会有超过她伴侣的英雄事迹呢？

但在托马尔的眼里，梅里昂和奥莉维亚首先是鸟国复兴的象征。他们是恢复了和平和希望的鸟国中的第一代孩子，是不知道可怕霸权的第一代小鸟。他们生来就应该拥有这个新世界，托马尔只是他们的暂时保护者。他发誓，他要尽力奋斗，把一个适合他们这一代生存的世界交给他们。鸟国将在他的保护下变得强大昌盛，他们的未来将是美好的。

第五章　命悬一线

　　波尔蒂雅和米奇离开猫头鹰会议成员和两只小旅鸫之后，朝东飞去。波尔蒂雅心情沉重，他们默默地飞了很长一段时间。此刻，他们正朝米奇的家乡飞去，波尔蒂雅和叽哩克正是在那里第一次遇见灰雀，从那里再飞到海岸，那条路线也正是他们三个当初一起飞过的。当时他们是去找海鸥帮忙，现在想想，在飞去未知的羽翼国之前，那里将是停下来休息的好地方。而且克拉肯会提供最新的天气和风向信息，关于海洋气候，没有谁比这只大海鸥更熟悉。

　　波尔蒂雅只希望这一次受到的欢迎比上一次热烈些。上一次，克拉肯对需要他帮助的两只旅鸫置之不理，虽然在最后关头他还是来了，并帮助猫头鹰全面战胜了鸦鹊。这一次，再次前去打搅他，波尔蒂雅还是有点儿没把握。她的这点儿犹豫，终于让一向说话没完没了的米奇找到了打破沉默的契机。

"你觉得克拉肯会帮助我们吗？这一次飞行非常危险，以前我们都没有渡海飞行的经验。"

"你太低估自己了，波尔蒂雅，不久前你就飞过了半个大陆。至于克拉肯，他是一个古怪的老家伙，不过如今他是我们的朋友了。别忘了，猫头鹰会议决定派你来完成这个使命，他就是赞成者之一，他肯定会千方百计帮助你的。如果他不肯帮忙，我就啄出他的另一只眼珠！"

波尔蒂雅听了笑起来。米奇想尽力保持住这种轻松的氛围，就滑稽地模仿起那只黑背大海鸥。别人要是听到原本歌喉婉转的灰雀发出刺耳的嘎嘎声，一定会觉得很奇怪。波尔蒂雅忍不住咯咯笑起来，拼命在空中保持平衡。

"噢！"米奇也笑得上气不接下气，"我的喉咙都痛了。如果海鸥们讲话都是这样的，也怪不得克拉肯那么大脾气了！我需要喝口水。"

两个伙伴一边飞，一边寻找合适的地方停下来休息。很快，他们看到了一个隐蔽的小池子，巡视过不会有危险之后，他们降落下来喝起了水。

这时，他们两个脑袋中同时闪过一个问题，不过米奇先说了出来："天啊，我这才想起来，我们渡海时会渴死的！那里全是糟糕的海水，没有淡水喝！"

靠近海岸时，他们两个越来越觉得命运在跟他们作对。天气骤变，一阵强风袭来，让两只小鸟直打哆嗦，看来大雨就要来了。天空似乎要撕开个口子，他们得找个地方藏身。不过他们还算幸运，下面一处悬崖就是克拉肯的家，到了那里可能就会有好运气。这时，瓢泼大雨落了下来。悬崖壁上有一块大石灰岩凸出来，两只小鸟躲在下面就不会被淋湿了。波尔蒂雅看着外面的暴风雨，开玩笑地用翅膀碰碰米奇："你刚才还说没有水喝呢！"

克拉肯跟两位小旅行家坐在一起商量飞行计划时，非常欣赏这只可爱的红腹灰雀。

"我们海鸟不同，早就习惯了海水的味道，因为我们的大多数食物来自大海，身体已经适应了。

"不过即便是我们，也需要喝新鲜的淡水，这就要到近海水域去，所以陆地还是我们的生存基地。对你们这类小型鸟来说，还有一个致命的问题，那就是你们生活在陆地上，不像有些鸟是天生的旅行家。羽翼国在大海的那边，还远着呢！

"你们的大小，更重要的是你们翅膀的大小，表明你们要飞过的大海对你们来说，比对一只海鸟要难得多。一群鸟飞在一起可以形成一股力量，可仅仅你们两只鸟是不够产生那种力量的。而且由于个子小，你们根本没法带走足够整个旅程的水，这样一来，你们一定会渴死。在这场大雨中想这种事很怪诞，然而这是事实，我的朋友们。"

克拉肯严肃地看着他们，好像在继续说下去之前要预估一下他们的承受能力。

"我们还有一点和你们完全不同。一只海鸥疲倦时，只要降落到大海上，坐在浪头上就行了。我们的羽毛是防水的，在水上可以和在陆地上一样舒服。可你们就不能这样舒服了，你们要想休息，就得找一处可以落脚的地方降落。在茫茫大海之中，这需要非常好的运气。就算找到，万一风浪太大，你们也会被冲进海里淹死的。

"再加上下雨，我看你们的任务得暂停了。这种天气会持续下去，这不是过境云雨，在更深的海域里，也许风雨还要更厉害。我看你们要靠自己飞过大海到羽翼国是不可能的，除非你们不是这么小的鸟！"

就在这时，周围的悬崖上响起一阵喧闹声，许多双灵敏的耳朵听到了渔船进港的声音。海上传来喇叭阴沉的嘟嘟声，一只渡船开进来了。

克拉肯几乎笑起来。"有了，感谢你们生得这么小。"他说着令人困惑的话。

旅鸫和灰雀看着他，摸不着头脑。特别是波尔蒂雅，她还以为是食物来了，克拉肯对他们的事已经没了兴趣。她上次来访，就是因为食物突然降临才被克拉肯撂到一旁，眼睁睁地看着他带着那群海鸟向进港的渔船飞去了。

大海鸥明白她的心思，说："噢，那群饿鬼可以等几分钟嘛。而你们的难题，我想我已经解决了。"

克拉肯马上向他们说出了自己的想法，看到他们听完之后显然放了心的样子，他觉得很满意。

"好了，现在我又湿又饿。因此，如果你们原谅我，我就走了。等我吃饱，我们可以再谈谈细节。在我回来之前，你们还有许多时间可以考虑。"

说着，克拉肯就振翅起飞了。整个岩顶响起一片喧闹声，一百多双翅膀一下子拍动着飞离，急着去追寻他们的食物。

*   *   *

复仇小子醒来后想起的第一件事就是剧痛。他的伤口流了许多血，一动就会感到剧痛。他什么也看不见，只记得在他跌下来前老鹰啄出他左眼的可怕画面，但是他想不起来右眼也受过类似的伤害。难道在他的身体落到地面昏过去时，他的右眼也受伤了吗？

没有了双眼，复仇小子跟死了差不多。他的心在翻腾，想着不如让一只食肉动物来取走他的性命。这样一来，不用逃，甚至连反抗也不必了。他蜷缩起身体想往地里钻，好像这样能把身体缩小似的，以躲开不可避免的后果。这一带一定有无数贪吃的食肉动物，他却成了个显而易见的目标，暴露在外，等待随时毙命。

可这只受伤的喜鹊不知道，山边住着人。虽然有几只食肉动物闻到了这只无助的鸟的血腥味，也看到了他受伤的身体，可没有一只敢在这山边出现。因为这些人拿着枪，而每一只动物都知道，枪是要命的。因此，许多想吃喜鹊肉的食肉动物没有办法，只好流着口水，瞪着贪婪的眼睛，忍着饥饿等在那里。

一个男人和他的儿子并排走着，儿子的服装和举止像极了他的爸爸，但个子比爸爸矮一大截。他们的右臂弯里都夹着一支枪，男孩还紧紧抓住一对野鸡的腿，野鸡松软的身体重重地垂在他的膝盖旁边。不管猎物有多重，男孩都咬牙坚持着，尽量跟上他爸爸的大步子。接着他们双双停下来，都发现了前面阴暗处躺着什么东西。那男人用电筒照了一下，灯光一下子照亮了复仇小子闪亮的白色羽毛，也照出了染红喜鹊头和身体的一层血。

"哇，是只鸟！"男孩兴奋地叫起来，"看那些血，爸爸！他死了吗？"

"不知道，孩子，过去看看吧。"

男孩顺着电筒的光朝受伤的鸟慢慢地走了几步。

"太可怕了！"他喘着气说。

男孩说话的声音唤起了复仇小子的危机感。他微弱地动了动，想要逃离危险，可是一动就痛。

"他活着，爸爸，我看见他动了。"

"我们最好杀了他，了结他的可怜处境。"

"不，爸爸，等一等！我们不能像吃野鸡那样吃掉他，我们为何不把他养起来呢？看看他的翅膀和尾巴，他挺好看的！"

"可他是只喜鹊，"男孩的爸爸说，"他满身羽虱，还是一只凶暴的东西。你看见过喜鹊在路边是什么样子的吗？

他们比老鹰还坏，而且他受了那样的伤，再也不会好了。看看他，天啊，一只眼珠已经不见了。"

"我要养他，爸爸。我不要把他留在这里被别的动物吃掉，也不要你开枪打死他。我可以照顾他，我会把他洗干净，养在旧鸟笼里。萨米飞走以后鸟笼没扔掉，和其他没用的东西一起丢在板棚里了。我会喂他，一切我全包了。我可以养他吗，爸爸？求求你了。"

"马上把他干掉会更仁慈……"爸爸说，可一看儿子的脸，他就知道这种理智的做法行不通，"那好吧，孩子。不过得你自己拿回去。把野鸡给我。我还是认为你疯了，谁听说过把喜鹊当宠物养的？"

*　　　*　　　*

对特拉斯卡来说，从风暴岛飞过大海，比大战后逃离鸟国辛苦多了。受过伤的翅膀牵制着他，天气也不好。尽管风暴岛与鸟国的西北海岸相隔只有十四里，过海只需两个多小时，但狂风暴雨吹打着他们。不过，这群冠鸦加上一只凶恶的喜鹊，最后还是精疲力竭地降落在了灯塔周围的一块岩石上，他们找了一个地方躲起来，避开可怕的风雨。一旦无须再一心一意地求生，几只冠鸦便恢复了精力，开始埋怨特拉斯卡,后悔跟着来到这块陌生的土地上。怨声在冠鸦中传开,其中有几只气急败坏地说,一等坏天气结束,他们就飞回家去。

可是险恶的天气反而帮了特拉斯卡的忙。因为在海边高高的悬崖上,有一只小羊羔在狂风暴雨中迷了路,和他的羊妈妈走丢了。他可怜的咩咩声传到了悬崖下二十只大冠鸦待着的水边。第一个做出反应的是特拉斯卡。

"我必须为这片土地的这种欢迎方式道歉。这是极少有的,也许鸟国在为它失去的国王而哭泣。不过,鸟国不是正如我保证过的那样,是一个富饶的地方吗?听听我们的下一顿饭在怎样呼唤我们去享用它吧!"

喜鹊残酷的笑声像把弯刀一样,透过狂风直插进所有冠鸦的耳朵里。他们的内心又一次被这番高傲自大和狂妄的话激荡了起来。特拉斯卡不再把时间浪费在说话上,他拍动翅膀飞上去寻找那只迷路的小羊羔。其他冠鸦急忙跟上,很快就像一张可怕的黑幕罩住了那只不幸的小羊羔。特拉斯卡在那群狼吞虎咽的家伙周围跳来跳去,他自己可没有那么大的力气去杀死一只这么大的动物。

"让这些大笨蛋去干所有的重活吧,"他想,"我把他们带到这里来，就是为了这个。"

不管怎样，他已经支配了这帮冠鸦，他自己只选了最棒的东西吃——舌头和眼睛。这到底是他的地盘，不过特拉斯卡知道，不要太急于求成，得让他们先大吃一顿。他不是已经提供了礼物，而他们在尽情享受吗？

大家狼吞虎咽，嘴巴快速张合，嗉囊大吞特吞时，喜鹊的阴险声音在他们身后响起来。

"我告诉过你们，这块土地是个了不起的地方，这里没有人用要命的子弹打你们。统治这块土地的不是人，而是我！"

*　　　*　　　*

当复仇小子发现终于能看到一点儿东西时，顿时感到浑身轻松了很多，这种感觉是无法形容的。自从他在半空中被那只鹰的残酷爪子击中后，他的世界就变成了一场噩梦，只有痛苦和恐怖。现在，这只喜鹊在男孩温柔的抚摸中虽然还是畏缩着，但心中亮起了微弱的希望之光。他活着——而且还看得见！

男孩正在清洗喜鹊那只好眼睛上的血块。喜鹊躺在山边时，血从受了重伤的那个眼窝流过他的嘴，在那只好的眼睛上凝结，像硬壳一样挡住了所有的光线。在男孩小心的清洗下，复仇小子那只好眼睛看得见东西了。男孩把喜鹊放到鸟笼里，高兴地看着他的病号第一次放松了下来。

　　复仇小子抖了抖羽毛，接着慢慢地、痛苦地跳着走进铺了沙子的鸟笼。这鸟笼里本来住着一只灰色鹦鹉，后来他逃走了，飞进了一个跟他这个外来品种格格不入的环境，不到一个礼拜就死了。幸亏男孩一点儿都不知道，在他的想象中，这只宠物已经飞了很远很远，回到了小鸟的家乡，直到现在还在跟那些鹦鹉伙伴叽叽喳喳地讲他和好心的小主人之间的故事。复仇小子张开嘴，感激地接过源源不断喂给他的蠕虫和甲虫。可动作稍大，他的伤口又痛了起来。过了一会儿，他睡着了，梦见了他的妈妈。

第六章　智渡大海

那一大捆缆绳散发着沥青气味，气味强烈得让两只小鸟避无可避。波尔蒂雅已经想吐了，渡船一摇一晃，跟臭气一样让她反胃。让她受不了的还有很多：下不完的雨，船轰隆隆的声音，那么多人在周围跑来跑去。波尔蒂雅心想，克拉肯的这个主意真不怎么好。

米奇朝她耳边悄悄地吱吱叫，想要安慰她。

"至少我们太平无事，苦力活让别人去干吧。"

"可万一我们被发现了呢？那些人要是把我们抓住了怎么办？"

"他们不会飞，对吗？"米奇兴高采烈地回答道，"别担心了，波尔蒂雅，好好享受坐船航行的乐趣吧！"

在这种时候，"享受"可不是这只美丽的旅鸫想用的字眼。不过说过也就算了，犯不着跟她的旅伴斗嘴。尽管不舒服，可这是旅途必须经历的一部分。他们得横渡大海到羽翼国去，为了达到这个目的，她能忍受一切。

雨终于小了，可是没有阳光穿透云层照下来温暖他们的身体，他们这样慢吞吞地渡过大海，真是毫无快乐可言。两只鸟轮流守望，一只在守望的时候，另一只就打个盹。但守望的鸟也很难保持清醒，船摇来晃去，任谁都会被摇得迷迷糊糊的。不止一次，由于船在大浪中突然上下颠簸，水花四溅，使负责守望的那一位从困意之中猛地清醒过来。

＊　　　　＊　　　　＊

这时候的大密林里，梅里昂和奥莉维亚正在用重新振作起来的劲头，热情地探索他们的新环境。托马尔的故事，还有他们天生的活力，让这对小旅鸫甩掉了怀疑和不快，在树木之间欢天喜地地玩耍起来。他们在树枝间追来追去，玩捉迷藏。

托马尔舒舒服服地蹲在树枝上，看着小家伙们劲头十足地玩耍，嘴边露出了满意的微笑。他的心思开始转到其他事情上去了。不知道波尔蒂雅和米奇怎么样了，他估计他们已经飞行在茫茫大海的上空了。他预料到天气可能并不怎么理想，但他衷心希望他的两个朋友能顺顺利利的。即使在最好的天气里，这样的飞行对他们来说也是极大的考验。他从和克拉肯的聊天中，清楚地知道海岸气候十分难测。老猫头鹰为旅鸫和红腹灰雀默默祈祷，接着回过头来看那两只玩耍的小旅鸫。

托马尔让这两个小家伙回来吃早饭，可他们的肚子都不饿。奥莉维亚和她的弟弟被眼前一条沿着树枝扭动爬行的毛虫吸引了。这条毛虫黑绿相间，颜色十分鲜艳，身上还覆着很好看的茸毛。

不知什么原因，两只旅鸫眼看着就流下了口水，他们还从没尝过毛虫的滋味呢！实际上，他们还从没吃过一个会动的东西。活在一个昆虫不再是食物链一环的世界里，两只旅鸫都不知道鲜活的肉是什么滋味。可是眼前这东西扭来扭去的，引起了他们的本能反应。这条虫子像是在说："吃我吧！"两只旅鸫贪婪地看着这条送上门的毛虫。奥莉维亚第一个开口说话："这不是一只昆虫，对吗？"

"不是。"梅里昂没太大把握地回答，"昆虫有翅膀，有六条腿，可这东西有几十条腿呢！"

"那么我们能吃他吗？"

"你说'我们'是什么意思？是我第一个看见的，当然归我！"

梅里昂用好斗的口气说道。奥莉维亚比他大，自然比他有力气。可是她脾气好，梅里昂知道只要对她凶，她就会让步的。

　　"我们不能分着吃吗？这够我们两个吃的，还多着呢。"

　　"不！"小雄鸟又说了一遍，口气没得商量，"他是我的，我要把他整个儿吃下去！"

　　梅里昂看着他的姐姐，想要看看她会不会跟自己争。这是一个冒险的把戏，他决定改变策略。

　　"再说，"他悄声地说道，"这可能很危险，这东西说不定有毒，我们当中只能有一个中毒。我太爱你了，不能让你冒这样的险。万一我吃了没事，我答应另外找一条，专门给你吃。"

　　奥莉维亚被弟弟说服了。她也觉得，尝试吃和平常完全不同的食物确实会有危险。尽管她不相信这东西有毒，可还是应该谨慎点儿。

　　梅里昂看到姐姐不和他争了，十分高兴，马上跳到毛虫所在的树枝上。小旅鸫犹豫了一下，不知道接下来该怎么办，他以前从来没有杀死过猎物，该怎么下手呢？应该向哪一部分进攻呢？万一这东西反抗呢？梅里昂突然不想品尝这顿美食了，可又不想在他的姐姐面前丢脸。

托马尔的及时干预为这件事情画上了句号。老猫头鹰用翅膀不客气地掴了一下梅里昂的头，打得不重，但也足够把这只小旅鸫从树枝上打下去了。梅里昂狼狈地落到地上，害怕地看着老猫头鹰的眼睛，老猫头鹰正在生气地低头看着他。

"你以为你这是在做什么？你不知道我们跟昆虫的约定吗？我曾经庄严地保证过任何鸟都不再把昆虫当作食物。你想破坏这个誓约吗？'大猫头鹰'的话对你来说不算数吗？"

"对不起，托马尔。我们不知道这是什么东西，他实在不像我们见过的任何一种昆虫。"梅里昂挨了打，又被老猫头鹰严厉训斥，顿时哭了起来。

托马尔摇摇头，为自己的坏脾气感到抱歉。他刚才是怎么想的啊？这是两只小旅鸫的第一个春天，他们自然都没见过毛虫。自从生下来，他们的母亲肯定教导过他们不可以吃昆虫，肯定指给他们看过许多种昆虫，并要他们避开。可是时令不同，波尔蒂雅不可能有机会教他们认识昆虫的幼虫期是什么样子。而在母亲有机会完成对他们的教育之前，托马尔却把她派去了远方。

老猫头鹰感到十分抱歉。"对不起，梅里昂！"他用充满愧疚的声音说。

"应该抱歉的是我，托马尔。"

"好吧，我们两个都很抱歉，这样就扯平了。回到我身边来，我要给你们讲个故事。如果你的脑袋不疼了的话，我现在就来教你们认识更多动物，他们组成了我们这个了不起的、物种繁多的世界。"

＊　　　＊　　　＊

在横渡大海的过程中，有些时候，波尔蒂雅甚至以为自己再也看不到干燥的陆地了。有好几次她求米奇让她干脆飞上天，凭自己的本能和飞行本领完成最后的旅程，可是红腹灰雀坚决阻止了她。

"我为你感到难过，波尔蒂雅，当然我也知道你很难受。不过我们既然选择了这样做，就必须坚持到底。这样的旅途虽然不好受，但它会把我们带到正确的目的地。"

"可这苦头我已经吃够了，肚子里都装满了苦水！"波尔蒂雅发着脾气说。

"如果我没有记错，你以前也有过一次肚子里都装满了苦水的经历。"米奇说。

波尔蒂雅回忆起他们第一次相遇时，她愚蠢地喝了很多海水，不禁恼羞成怒。他怎么敢教训她呢？他是她此次去羽翼国的旅伴，而她才是鸟国派出的使者。波尔蒂雅转过身去，背对着她的朋友，再也不想说话了。米奇明白自己冒犯了她，觉得此时不开口才是上策。因此，两只小鸟可怜巴巴地坐在甲板上，各自埋头想着心事。过了一会儿，波尔蒂雅的火气平息下来了，她开始更加理性地思考事情。选择直爽的红腹灰雀做她的旅伴，这件事再次显示出了托马尔的智慧。她可能不喜欢米奇说过的话，可她明白他说的话是正确的。

当渡船终于慢慢进入港口，开始费劲地靠向码头的时候，他们最大的敌人便是缺乏耐心了。为了等所有的人下船，两只小鸟已经浪费了近一个小时，汽车和船喷出的油烟令天空笼罩着呛人的烟雾。米奇一再提醒波尔蒂雅小心行事，波尔蒂雅却为耽搁了时间而焦躁发火。已经到陆地了，她急着要上路，这样的等待让她十分恼火。

"现在我们离开吧。"灰雀吱吱说着，于是两只小鸟飞上天空，开始了在羽翼国这片异域土地上的第一次飞行。

他们首先要做两件事。第一件事是找个安全的栖身之处，作为在附近活动的基地。这样的地方恐怕要飞很远才能找到。第二件事和第一件同样迫切，就是得找到一只过路的鸟——一只候鸟，并和他交上朋友。这样一来，当他们跟当地的鸟交谈时，他就可以给他们当翻译。在这两件事情中，后者要难办得多。他们要找的栖身地到底是固定的，然而候鸟大半生的时间都在用翅膀飞行，这样才能在夏天的家和冬天的家之间迁徙。托马尔选择这个时候让他们两个离开，就是为了能碰到这些候鸟。虽然没有确切的把握，但老猫头鹰已经基本料定，鸟国的那些候鸟这时候一定会选择羽翼国作为他们最好的去处。不过这还要看天气如何，以及是否能找到食物。

现在他们两个又回到陆地上了，在异国的土地上，到处充满危险。他们并肩飞了很远，但求找到一个不太危险、不容易暴露的地方。幸亏这两只鸟的生活环境相似，天性合群，能和同类亲近，最后才找到了一处浓密的荆棘树林，就在一条人类开辟出来的弯曲且偏僻的道路旁。附近住着很多人，但这不会带来什么真正的危险。不远处的农田和开花的苹果园可以给他们提供足够的食物。

"这里很不错。"他们落下来躲进浓密的树丛中时，波尔蒂雅说。米奇也这样认为。

*　　　*　　　*

对复仇小子来说，生活变成了一个痛苦的循环。起先他只管恢复健康，男孩心地善良，会定时给他食物和水。复仇小子的伤好得很快，体力也恢复了。他可以跳来跳去，并且不再痛了，可是他被困在鸟笼里没法飞，只能拍拍翅膀飞到架在鸟笼半腰的栖木上。蹲在栖木上，复仇小子那条美丽的长尾巴才总算能伸直了，虽然尾巴尖还是会碰到笼子的底部。

当他想活动活动翅膀，或是放松放松肌肉时，翅膀尖就会擦到鸟笼的栏杆，这让复仇小子意识到他还是被关着的。时间一天天逝去，他越来越渴望飞上天空，自由自在地飞行。他的家现在似乎在一百万里之外的地方。复仇小子为他的母亲感到担心。在她的一生中，她只想着报复特拉斯卡曾经施加于她的暴行，而他自己，便成了这场复仇的象征和工具，他的生命已不再是他自己的。复仇小子只怕卡佳会在因他而蒙羞的痛苦、失望中老死。这种沉痛，是一只喜鹊难以承受的。他似乎毫无重获自由的希望，更

241

让他感到痛苦的是，在这样一种绝望的处境里，死神还没把他的母亲送进黑暗的怀抱，却可能先来找他了。

*　　　*　　　*

特拉斯卡邪恶的心在胸口扭曲地跳动着。他带领那群闯入者飞过覆盖着欧石楠的高地，飞过阴湿的森林，飞过浩渺的湖泊。这支气势汹汹的凶蛮大军一路上大肆破坏，杀戮碰到的所有小动物。鸟国在大战后迎来了一段和平日子，而现在的情境无疑使大家惊恐地想到鸦鹊又来了。鸦鹊经过的消息像野火般蔓延，消息所到之处，大片土地空了，少量存活的鸟逃生去了。

这到底不是一支有组织的狩猎队，而是一阵强劲的旋风，给所到之处造成了巨大的破坏。这种破坏力毫无阻挡地前进着。不过，他们到来的消息还是比他们自身先一步到达其他鸟类那里。这些庞大的冠鸦在鸟国的海岸上从没出现过，因此消息也就免不了有几分夸张。传闻中他们的个头增加了一倍，尖嘴能咬碎石头，还能活吞他们的猎物。

这正是特拉斯卡所希望的，这有助于为他的部队塑造出一种不可战胜的假象。而这一点，至少在目前来看，是很有必要的，因为他们数量不足。假如和此地区的大雕作

242

战，他们根本没有胜算。可是特拉斯卡并不打算跟他的敌人公然开战。虽然一想到正是由于这些该死的猛禽而栽了跟斗，他的心中便怒火中烧，但他并不想现在就报仇，或者至少不想就这样直接交锋。更重要的是，他要把鸦鹊的失败归咎于鸟国的领导者——猫头鹰会议。

特拉斯卡断定，他带着可怕的大军归来的消息会传到南边，最后传到他最痛恨的那只鸟——托马尔的耳朵里。他要让这只老猫头鹰知道他又回来了，知道他根本不怕崇高又有威力的猫头鹰会议，或者那些不可一世的支持者。不过，这只喜鹊也想误导托马尔，好让这只老猫头鹰看不透他真正的计划。诡计将是他的武器，他要耍花招愚弄对手，然后狠狠地出击。他将在能使他们受到最严重伤害的地方打击他们，然后他就彻底报仇了。

第七章　恶鹊重现

当那位伟大的智者做出计划的时候，一切看上去好像很容易，鸟国使者要完成的任务也很简单：只要飞到广阔的羽翼国，说服几十只小鸟，让他们和她一起飞回她的家乡，她的任务就完成了。

可实际上这个计划充满困难，光是决定从哪里下手就不容易。波尔蒂雅和米奇四处寻找，最后选定了一个合适的行动基地，这时，他们到达这里已经两个礼拜了。当地的鸟既不好客，也不友好。他们无视这两只外乡鸟，照样过自己的日子。旅鸫和灰雀尝试过各种办法同他们打交道，都失败了。因为语言不通，波尔蒂雅和米奇没办法让对方明白他们的意思。

更糟糕的是，自从他们来到这里，就连一只候鸟也没见过。他们每天在天空中寻找，希望能看见一只燕子或者圣马丁鸟、金丝雀或者褐雨燕，可都是白忙活。那些曾经渡海到鸟国的鸟如今似乎唯恐不能消失得无影无踪,不但鸟国不见他们的踪影,连羽翼国也没了他们的消息。

"我们原先太低估这个任务的难度了,米奇。"两只小鸟又一无所获地过了一天之后,波尔蒂雅严肃地说,"这里小鸟多的是,足够住满我们鸟国的每一寸土地。可是我们没有办法跟他们沟通,谁也不会跟我们走的。"

米奇听了,认真地说:"总会有一些鸟能懂我们的语言,只要找到他们,我们就可以跟他们交谈。我现在还是很高兴,我们不用飞就渡过了大海,可是从现在起,要完成任务就只能靠我们自己了。"

旅鸫真诚地看着她的旅伴。从鸟国飞抵这里之后,他们一直彼此交心,相依为命。米奇渐渐变得不再鲁莽,而是很严肃地商量问题了。波尔蒂雅很高兴地发现,米奇有一颗敏锐的心。她甚至开始怀疑,她这位旅伴说话的样子只是一种想要隐藏他智慧的手段。

不过很显然,米奇把他们的失败大多归咎于自己。这只一向开朗热情的灰雀开始垂头丧气起来。他觉得自己非常不够格,是他害了自己的旅伴。波尔蒂雅微笑着鼓励她的朋友:

"有你和我一起执行使命，真让我放心，米奇。如果没有你，我一里路也走不了。你总是让我开怀大笑，带给我愉快的心情，在未来的每一天里，我都将离不开你。"

"谢谢你，波尔蒂雅，感谢你把我看成我们这使命中不可缺少的一分子！"

"你是我的好旅伴，米奇。"旅鸫回答道，"现在让我们计划一下后面的飞行吧。你认为我们该选择哪条路？"

灰雀考虑了一下才回答："现在季节还早，不会有大批候鸟来到北部地区。我想我们最好的选择是向南飞，希望能碰上他们。"

"听上去不错，伙计。"波尔蒂雅学着灰雀的滑稽口气叽叽地说。

＊　　　＊　　　＊

托马尔对他那天一大早收到的消息苦苦思索了半天。他静静地坐在那棵弯曲枞树的树洞里，这里一直是他的家，他都记不起在这里住了多少个年头了。梅里昂和奥莉维亚正玩得开心，从矮树丛里飞进飞出。可是他想的是别的事情。

他得到的消息是：特拉斯卡又出现了，他们那帮恶棍已犯下了种种暴行。托马尔倒不是很担心那些冠鸦，他们数量少，成不了气候，不会给鸟国的神圣土地造成真正的威胁，他担心的是特拉斯卡。

作为"大猫头鹰"和鸟国的领袖，托马尔认识到自己失败的地方是让特拉斯卡在大战后逃脱了。这只喜鹊太凶恶了，简直到了无以复加的地步，老猫头鹰害怕特拉斯卡胜过害怕斯莱金这个妄自尊大的首领。这只喜鹊已经不是单纯的坏，而是发疯了。托马尔一想起他就觉得寒心，不仅因为这只喜鹊谋杀了叽哩克，还因为这只可怕的鸟将会给这块土地的公正和正常秩序造成更多的危害。可他回到鸟国的真正目的是什么呢？这群恶棍数量上的劣势让托马尔认为，特拉斯卡并不是回来宣战的。猫头鹰会议重新建立起来了，他们有强大的同盟者，并且在共同打败鸦鹊以后，他们变得更加团结了——因此，老猫头鹰相信，特拉斯卡绝不敢挑起公开的战争。但问题就在这里。特拉斯卡的心里，又在酝酿着什么阴险计划呢？

*　　　　*　　　　*

特拉斯卡需要信息。他渴望得到鸟国的信息，用自己特殊的方式得到它。小型鸟曾被鸦鹊大批杀戮，少数活下来的听说他们的敌人被打败了，勇气大增。整个鸟国都知道这场大战，知道叽哩克在推翻斯莱金那个凶恶帝国中所起的作用。这只旅鸫是鸟国的英雄，所以他的两个孩子的出生就成了伟大的庆典。

对各地鸟类来说，同样重要的信息是猫头鹰会议的重建。知道托马尔成了鸟国的领袖，小鸟们在窝里就能安稳地睡觉了。新一届猫头鹰会议第一次开会的消息已经传遍了整个鸟国。托马尔他们的新计划使整个鸟国充满了乐观情绪。在鸟国所有的树梢上，大家都在畅谈波尔蒂雅的使命。特拉斯卡只要耐心偷听，很容易就能得到他所需要的一切信息。不过耐心并不是这只喜鹊拥有的美德。他依旧我行我素。

被特拉斯卡盯上的不幸者是一只小椋鸟，当她的一群伙伴感知到危险已飞走时，她仍然吃得津津有味。那些大冠鸦的黑影正向这边山谷飞来。等到那只大吃特吃的倒霉椋鸟也发现危险时，已经太晚了。她想逃走，可是冠鸦已经把她包围了，她只能在特拉斯卡面前可怜巴巴地哆嗦着。她不是一只勇敢的鸟，面对这些凶神恶煞的大鸟，她早就吓得魂不附体了，不用怎么威逼，她就把特拉斯卡想知道的事情全说了。可是这只喜鹊嗜血成性，每个问题总要伴随着狠狠的一啄，把这只吓坏了的椋鸟啄得鲜血淋漓。

特拉斯卡在逼问出所有信息之前，是不会啄死她的。她再三请求结束她的性命，免受痛苦。可是特拉斯卡知道这是一个机会，能让在场的冠鸦们更加佩服他。他知道不能有怜悯之心，仁慈从来不是特拉斯卡的风格。不过，终于到了这只小椋鸟实在没什么价值的时候了，特拉斯卡于是用他有力的尖嘴一下子戳进了椋鸟的头颅。这么精彩的节目就此收场，他不免感到有点儿可惜。

特拉斯卡静静地坐下来，以便把他榨取到的信息好好消化一下。他原先的计划不得不稍作改变。他本打算去追踪波尔蒂雅，可现在她已经在他可以追到的范围之外了。不过那两只小旅鸫……他心中一亮。这么说，那只该死的旅鸫还有了后代。好，这件事他会好好考虑的。

* * *

芬巴尔和其他冠鸦在这块新领地上也很高兴。虽然实际上是特拉斯卡在带领他们，可芬巴尔作为表面的领导，还是陶醉其中。这些冠鸦不停地谈论着他们面临的大好机会。

"这里有那么多食物，又可以自由地飞来飞去，不会被人从天上打下来。"一只冠鸦说。

"特拉斯卡是对的，"另一只冠鸦说，"在这里我们可以尽情地享受，什么都不缺。"

这些冠鸦一致认为，自从追随这只喜鹊以来，他们的生活确实大大改善了。实际上，特拉斯卡在选择从海岸进入内地的路线时十分小心。他尽力避免碰到人类并与之抗争，不仅是因为要避开危险，同时也为了给他那些迟钝的旅伴留下个好印象，让他们觉得这里的居住条件要好得多。好在冠鸦们心满意足，忙着探索自己的新家，放任特拉斯卡去实施他的计划。

＊　　　＊　　　＊

自从盘问过那只小椋鸟，特拉斯卡心中便渐渐萌生出一个想法，使原来模糊的打算变成了更明确、更令人满意的计划。他已经想清楚了，怎样做才能摧毁那崇高又伟大的猫头鹰会议，对托马尔实施最好的报复。

不过，目前他要尽快探索这块土地，以便寻找一个地方建立自己的堡垒，抵御任何报复性的进攻。就在这样的探索中，特拉斯卡来到一处熟悉的地方。他飞过高山下的丘陵时，想起正是在这地方他蒙受了可耻的失败，就在快要捉住叽哩克和波尔蒂雅时，他被斯托恩和那些大雕逼得钻进了兔子洞。

"诅咒那只旅鸫！"虽然叽哩克已经死了那么久，但是这只喜鹊仍然充满了仇恨。特拉斯卡狠狠地拍了几下翅膀，改变了飞行方向，想要逃离对叽哩克的回忆。

＊　　　　＊　　　　＊

卡佳一看到特拉斯卡，马上就认出他来了。她的心都吓凉了。可是特拉斯卡并没认出她。现在特拉斯卡再次见到她，多日来的孤独使他想要和一只同类交往，毕竟他和那群异类相处得太久了，而且眼前的这只雌喜鹊实在太美了。

"早上好，我亲爱的女士，"这只恶鸟大胆地开口，蜜糖般的话语从他的舌头上流了出来，"真是幸会！"

"怎么会呢，先生？"卡佳回答说，她从他的眼神里看出他一点儿也没认出她来，于是她胆子大了起来，"该是谁幸会谁呢？"

"我们两个。"特拉斯卡回答说，有点儿被她的语气惊着了，"我一直在这片土地上寻找，也不知道在找什么，现在我终于知道了，不言而喻，我是在找你。"

"你可真会说话。不过，我为什么会这样打动你呢？你一点儿都不了解我。"

"噢，我太了解你了！"特拉斯卡回答。卡佳以为这魔鬼到底想起了那桩暴行，恐怕现在又要残酷地对待她。想到这里，她不禁害怕了。可是他的下一句话使她放了心。

"我知道你是我一生所求。你叫什么名字啊，我亲爱的？"

"我叫卡佳，我绝不是你的'亲爱的'！"卡佳朝他叫道。

"请原谅我这话说早了。我不想得罪你，卡佳。你的美貌让我情不自禁地把心里话都说了出来。"

特拉斯卡说话时居然害羞了。卡佳极为惊讶，这个毁了她一生的畜生此刻竟然爱上了她。他以前做出那么可怕的事，但如今他的目光中透着尊重和爱慕，卡佳意识到她有办法获取成功了。可是一想到必须和他亲昵，她就反感起来。她要接受这只邪恶卑鄙的鸟的勾引，甚至要鼓励他靠近自己。她知道，她将不得不成为特拉斯卡的配偶，直到复仇小子回来救她。她用一种故作矜持的表情盯住特拉斯卡的眼睛。

"你误解我的意思了，先生，"她回答说，"我并没有怪你。不过你现在占了便宜。你知道了我的名字，可我还不知道你的名字呢。"

"你得再次原谅我的鲁莽，卡佳。我的名字叫特拉斯卡。"

"特拉斯卡。"她重复了一遍，用微笑掩盖着这个名字在她舌头上的苦涩味道。

*　　　*　　　*

"我们可能要放弃任务回家了。没有完成托马尔的计划，我们丢了大家的脸!"波尔蒂雅失望地啜泣道，"我怎么会自以为能像叽哩克那样呢? 他是个英雄。"

"对，他是个英雄。"米奇说，"有一件事他是永远不会做的，那就是放弃。因此，我们不要再说这种话了。你一定很沮丧，很失望，不过我们走了这么长的路，不能就这么轻易放弃。就说我吧，我是不愿意回鸟国的时候没有一群羽翼国的鸟跟在我后面的。"

灰雀耸起他胸前的羽毛，那双勇敢的眼睛在激励波尔蒂雅。

"真讨厌，你总是对的。"她破涕为笑，打破了刚刚紧张的气氛。

"我很抱歉，波尔蒂雅，我知道这副重担压在了你的身上，而我不能为你分担。"

"是我们共同承担。"旅鸫说，她不再为她旅伴的智慧感到惊奇，只是希望刚才自怨自艾的话没有损害他们的关系。这是一块寂寞又充满未知的土地。波尔蒂雅知道，只有靠着他们的友谊才能坚持下去。"我们也烦恼够了，米奇。让我们继续寻找吧。还有什么地方我们没有去过呢？"

这问题问得好，因为他们已经飞了许多地方，只为寻找一只候鸟帮他们和羽翼国的鸟交谈。他们有计划地朝南飞行，可是没有碰到一只候鸟。米奇对波尔蒂雅微笑着，眼睛闪闪发光。"只要你迎着风飞，"他说，"我一定就在你后面！"

*　　　*　　　*

卡佳带着特拉斯卡来到她的住处。峭壁下狭窄的山谷地带有很多安全的藏身处，尽管仍有遭到人类袭击的可能。在遭特拉斯卡施暴以后，卡佳就把她的窝筑在这个地方。她当时只想和外界隔绝，藏起她的耻辱和哀伤。特拉斯卡一看见这地方，不由得乐得拍起了翅膀。

"亲爱的卡佳，这太完美了！"他叫道，"不管大鸟小鸟，任谁经过这里都很难发现这个小窝。更重要的是，周围有我的朋友巡逻，谁也接近不了我们的家门口！"

特拉斯卡用了"家"这个字眼，说这个字眼时所用的口气，让卡佳实在听不下去，可是她把厌恶的情绪强忍住了。"我很高兴你喜欢这地方，特拉斯卡，我在这里一直很快乐。"

"我必须说，发现这么美丽的一只鸟竟然孤独地生活着，我太吃惊了。"特拉斯卡问道，"你从来没有过伴侣吗，亲爱的？"

卡佳忍住没有回答，这会泄露她的真正想法，于是转过身不去看他。当这个恶棍像主人似的对她说话，她保不准自己不会勃然大怒。等她终于平静下来回答时，她的话让特拉斯卡感到舒服极了。

"我想我是在等，等着你啊。"

特拉斯卡把她话音刚落的一声叹息错当作是她的喜悦。"终于有家了！"他想，"一切如我所愿！"

第八章　柳暗花明

复仇小子在笼底躺着一动不动。他把自己美丽的羽毛弄得又乱又脏，喉咙里还发出一种极其痛苦的喘息声。他的样子像是快要死了。可是他的那只好眼睛很亮，他在观望着，等待着。他在等一个小姑娘，她是小男孩的妹妹，每天上学前都会走过他的笼子，停下来跟他说说话。复仇小子虽然不明白她在说什么，可还是会发出很响的声音来回应她，常常逗得小姑娘咯咯笑。

复仇小子看得出来，她想要摸摸他，却又害怕他的尖嘴和利爪。他曾经跳到鸟笼的栏杆上，试图吓唬她。这让她尖叫着逃走了，也让复仇小子得到了一点儿满足感。不过第二天，小姑娘还是大着胆子再次来了。这让复仇小子心生一计，必须换种方式接近她。后来他表现得温顺友好，他会叫唤着鼓励她走过来，就这样，他小心谨慎地在他们之间建立起了一条纽带。一切都只是为了一个目的。

自从受了重伤，复仇小子的视野大大受到了限制。此刻，他小心地蹲在笼底，以便尽量利用那只好眼睛看东西。小姑娘朝鸟笼里看时，他看到了她的脸。她的脸上写满了关心，看得出来她以为小鸟生病了，想要跑去叫人来救他。可是小鸟喉咙里发出的可怜叫声，使她在半路上停了下来。小姑娘觉得喜鹊在叫她，她停下来回到鸟笼那里。犹豫了一小会儿，小姑娘打开了鸟笼门。她把手臂伸进鸟笼，去摸生病的喜鹊。当她抚摸复仇小子的羽毛时，他一动不动。

　　"还没到时候，"他对自己说，"等一等!"

　　正如他所希望的，小姑娘把双臂完全伸进鸟笼，抱起他软弱无力的身体。她的双手在发抖，显然被自己在做的事情吓坏了。复仇小子又轻轻地发出一声痛苦的喊叫，鼓励她继续。小姑娘小心翼翼地抓住他的身体，把他抱出了鸟笼门。

　　好，现在没有鸟笼的束缚了，复仇小子开始在她的手里挣扎。他挣脱了一只翅膀，又扑又打，对着她发出野蛮的叫声。小姑娘吓得连连后退，放掉手里已经不那么软弱无力的喜鹊。复仇小子马上扑向她，用翅膀捆她的头，用爪子抓乱她的头发。长时期的关禁已经让他翅膀的肌肉萎缩了一些，他接连拍打了几次翅膀，才一鼓作气飞了起来。小姑娘吓得哇哇大叫，双臂举到头顶要赶走他。复仇小子又吃惊又生气，用尖嘴戳她的手，那双手顿时鲜血直流。他本不想伤害这个孩子，可她哇哇大叫，他生怕又被捉住，就不得不攻击了。他飞在她的头顶上，盘旋一圈，然后向她俯冲下来。他轻易地穿过她纤弱手臂的缝隙，用尖嘴疯狂地啄她的小脸。血从啄伤了的眼眶处流下来，小姑娘双手抱住脸倒在地上。想到她的尖叫一定会很快招来别的人，复仇小子朝四下张望，拼命地想办法逃走。他飞过房间，飞过开着的房门。他看到一个男人走了过来，就转过身子拼命地朝相反的方向飞。幸亏厨房门也开着。

厨房里有人，是带回喜鹊的小男孩和他的妈妈。妈妈听到女儿的尖叫声和丈夫生气的咆哮声，马上动身赶来。可她猛然看到羽毛乱蓬蓬的喜鹊向她飞来，一下子慌了手脚，没来得及做出反应。复仇小子拼命地飞，飞过厨房，向诱人的打开了的窗子飞去——终于飞出去了。他自由了！

复仇小子一秒钟也不耽搁，能飞多远就飞多远。他要尽量拉开与人类的距离。恐惧使他拼命地飞，他时刻担心会听到枪响，脑海里不断闪现自己中了满身枪弹的可怕情景。飞了一里多路以后，复仇小子知道自己安全了，已经逃出来了。他放慢速度，从横冲直撞改为正常飞行。他虽然只飞了很短的距离，却花了很大的力气。被长期关禁的身体已显得精疲力竭，复仇小子知道他得找个地方落脚。他找了一棵孤零零的松树，停在它的高枝上，好让自己看得远些。小心是最重要的，他再也经受不起伤害了。合上翅膀时，复仇小子观察了一下周围的环境，没发现什么危险，他才安心地休息了。

复仇小子知道那个男人很快就会来抓他，而且还会叫来别的人。他们要报仇，干脆利落地杀死他。他必须远离那些追捕者，离得越远越好。复仇小子又想到他的妈妈卡佳，想到他的使命，这本是他飞来南方的目的。他知道现在要做的就是毫不耽搁，马上找到他的仇人。因此，尽管精疲力竭，他还是再一次飞上了天空。

*　　　*　　　*

就在波尔蒂雅和米奇眼看着任务毫无希望完成时，他们看到了她。尽管离得很远，可是她飞行的速度和翅膀优美的弧线，向他们表明她是一只燕子。她正朝他们这边飞来。波尔蒂雅心里一阵轻松，差点儿要哭出来了。她和米奇马上飞上天空，跟那只燕子打招呼。这是一个冒险但必要的做法，因为他们的叫声可能会引起食肉猛禽的注意。可他们知道，万一这只燕子飞过去了，他们就再也追不上她了。幸运终于降临到了他们身上，他们的招呼声成功吸引了燕子。那只燕子向他们飞过来，放慢了速度，停在一根电线上，同时优雅地把翅膀叠到背上。

波尔蒂雅停在一根高高的树枝上，离这只摸不着头脑的燕子远一点儿，然后向她打招呼。

"早上好，我亲爱的朋友。看到你，我太高兴了，你听得懂我说的话吗？"

"当然，你的话很好懂。"燕子回答说，"可是你的意思就没那么好懂了。你看到我为什么高兴呢？我认识你吗？"

"对不起，请听我解释。我的名字叫波尔蒂雅，我旁边的这位朋友叫米奇，我们是从鸟国来的。"

一听说鸟国，这只燕子开始不安起来，她拍了拍翅膀想逃走。

"对不起，"波尔蒂雅赶紧叫道，"不要走。我们飞那么远，找了那么久，就是为了找到你。"

燕子听了这话，似乎更摸不着头脑了，在电线上停了下来。

"好吧，让我来介绍自己，我的名字叫飞天舞。你说你们是从鸟国来的，那个地方对我来说非常可怕，正是在那里，我失去了我的丈夫比尤拉。他遇到了一群乌鸦的袭击，被他们杀害了。"

"我和你一样悲伤！"波尔蒂雅回答说，"鸦鹊也杀害了我的丈夫。"

"可他们已经被打败了！"米奇忍不住吱吱说，"鸟国重新变得美好，变得自由了。"

"我很难相信，"飞天舞回答说，"我们没有听说过这样的消息。"

"你怎么会听说呢？"米奇说，"自从鸦鹊作恶以来，就没有候鸟敢靠近我们的海岸了。"

"正像我这位朋友说的那样，"波尔蒂雅接下去说，"这就是我们到羽翼国来的目的。我们是猫头鹰会议派来的使者，来找些小型鸟跟我们回去，在鸟国安家。可是我们和本地的小型鸟无法沟通，到现在为止都没有成功。我想你现在能明白，为什么我们要找你了吧？"

"我明白了，"飞天舞说，"不过我还是十分害怕。说不定你们是鸟国派来给我们下圈套的。我帮助你们的话，就是把千万只小鸟送到死路上去。"

米奇大为生气，可波尔蒂雅狠狠地盯了他一眼，让他不要作声。

"你很聪明，也很小心，没有轻信我们，说明你是一只可以被信任的鸟。你因为失去了丈夫，完全有理由害怕鸟国。我不知道说什么才能让你相信我们，我太天真了，还以为我的脸是值的信任的。"

"一张美丽的脸常常能掩盖丑恶的心灵。"飞天舞说道，米奇又一次生气了，可飞天舞仍对他微笑，接下去说道，"这里至少要有一只鸟不怀疑你们，我才能凭借他的诚挚感情相信你们是真心的，波尔蒂雅。你们要求我那么多，要我信任你们，可理由那么少。"

"我们确实要求得多。我们需要你给我们当翻译，没有你，我们将无法和这里的小鸟沟通。而只有让小鸟们相信我们鸟国是安全的，他们才肯跟我们回去，这就是我们现在面临的难题。"

"波尔蒂雅，对不起，"米奇打断她的话，"我想我有一个解决办法。长途飞行对我们来说十分艰难，可这位飞天舞一辈子都在飞行。"他转向燕子，"我知道即使对于你，这样的旅行也很不容易，不过你飞得快，这将是有利条件。"米奇停下来斟酌该怎么解释他的想法。

波尔蒂雅已经明白他的意思了，便热心地解释起来："对，多么了不起的主意啊！你愿意吗，飞天舞？米奇要请你做的，是要你飞到鸟国去亲眼看看。我向你保证，朋友，你不会有危险的。鸟国现在自由和平，法律由猫头鹰会议掌控，不用害怕。"

"你们要我做的事并不容易。"沉默半晌后燕子回答说，"不过我看也只能这么办了。我不能对任何鸟说谎，我要亲自去看个究竟。不过我走了以后，你们怎么办呢？"

"我们只好继续做一直在做的事，"波尔蒂雅歪着脸说，"那就是等待。"

*　　　*　　　*

等待不是特拉斯卡打算做的事。首先，他那些冠鸦变得不耐烦了。更重要的是，他自己也是如此。特拉斯卡急于实施他的计划，他要权力，他渴望权力。现在他有了一个王后，她将在他身边帮他建立起摧毁猫头鹰会议以后的新秩序。当他告诉卡佳他的计划时，他自豪地叫了起来。

卡佳一想到这样的暴力行为和屠杀就惊恐万分，她一点儿也不想和鸦鹊军团以及他们灭绝种族的大屠杀沾边。曾是对她施暴的喜鹊，也是她最痛恨的敌人现在正在吹嘘他的屠杀计划。卡佳知道由不得她选择，她只能跟他在一起，待在他身边，让他对她感兴趣，直到复仇小子回来算总账。特拉斯卡对她这位同谋者感到十分满意，他召开了一次军事会议。他站在冠鸦群中面对着这群暴徒，特别是芬巴尔。

"芬巴尔，我的朋友，来跟我站在一起。因为在这件事情上，我们是共同的领导者，我是这块土地的国王，你是这群恶棍的头领。"特拉斯卡停了一下，因为那些冠鸦的喉咙里发出狂乱的欢呼声，"我能感受到你们喜欢我选择的这个字眼。因为你们就是恶棍，比鸟国有史以来任何一种恶棍更恶的恶棍。你们的所作所为将传遍整个大地，吓得猫头鹰会议的那些成员浑身发抖。"

他面前的那些冠鸦又一次欢呼赞成。

这是一个最不寻常、最罕见的景象。那帮冠鸦偷偷摸摸地钻过矮树丛去追寻他们的猎物。随着特拉斯卡一声号令，他们纷纷停下来，一动不动地仔细听着。在前面的矮树丛里，可以听到叽叽喳喳的鸟唱歌的声音。枝头上有几百只苍头燕雀和黄雀在起劲地吃着东西。这一天阳光温暖，使大家都松弛愉快。这些小鸟从一丛树飞到另一丛树，快活地叽叽喳喳，根本没想到自己面临着致命的危险。

特拉斯卡的眼睛闪闪发亮。随着他的第二声号令，那帮冠鸦离得更近了，形成一个包围圈围住了那些矮树。特拉斯卡故意慢点儿下令，好吊起他们的胃口，使他们更急于屠杀。最后，他终于下了第三声号令。刺耳的哇哇声使每只小鸟的心都凉了，知道自己的死期到了。转眼间，那些冠鸦已经冲到他们中间开始撕扯，然后扔掉尸体，争抢着享受活鸟的鲜肉。这场屠杀让树木沾满了血而变得鲜红。就那么一分钟时间，一切都结束了。

特拉斯卡飞上一根高枝俯视这场暴行，他满意地咧开嘴冷笑。那些欢天喜地的冠鸦聚在他面前。芬巴尔叼着一只黄雀过来，他们让开了道。那只羽毛闪闪发亮的小鸟又害怕又痛苦地扑腾着。当这只冠鸦飞上高枝，像祭祀神那样把俘虏放到特拉斯卡面前时，小黄雀瑟瑟发抖。可是这只喜鹊并不想杀死猎物。

放掉这只小黄雀是有理由的。

"不要怕，我的小朋友，"特拉斯卡开口说，"我不会伤害你。真的，我要请你帮我个大忙。"

小黄雀听到特拉斯卡的声音吓得直哆嗦，可是当他抬起头去看这只喜鹊时，眼中仍闪着一丝希望。

"你让我做什么，我就做什么，大王。"

"我喜欢这个叫法。对，我非常喜欢这个叫法！"特拉斯卡哈哈大笑，"一个合适的头衔，你们难道不这样认为吗？"

那些冠鸦欢呼赞成。

"好，我的小使者，把我的话传达给鸟国的每个头领。去告诉至高无上的猫头鹰会议，说我——特拉斯卡，向他们发起挑战了。我回来了，谁也不能阻止我！告诉他们今天在这里上演的小把戏，叫他们等着，还有更多同样的小把戏。现在走吧！"

小黄雀一时吓得目瞪口呆，瘫坐在地上，等一回过神来立刻飞上空中，好像害怕特拉斯卡会突然改变主意，把他杀掉似的。他飞走了，也不知道该朝哪里飞，但拼了命要逃离这个可怕的死亡之地。

特拉斯卡知道他的这个口信会很快传到托马尔的耳朵里，老猫头鹰到那时就别无选择了，他只能乖乖地来到这里，面对特拉斯卡给他造成的威胁。到那时候，特拉斯卡就可以使出绝招，赢得他寻求已久的胜利，报仇雪恨。

第九章　迎接挑战

托马尔发言时，猫头鹰会议的成员们个个都十分严肃悲伤。

"我们当中有的鸟认为，战胜了斯莱金，一切就太平了。可是我一直都在为我们的疏忽而后悔，那就是让特拉斯卡漏了网，逃脱了正义的惩罚。现在他正试图除掉我，毁掉我们。猫头鹰会议曾经陷入过绝望，这样的事不会发生第二次。我们正在经受考验，这次绝不可以失败。

"不过我很为特拉斯卡这次挑战的目的头疼。屠杀的罪行骇人听闻，可是他的力量还不足以构成对鸟国的真正威胁，那么他向我们挑衅是出于什么目的呢？我猜想不出来，因此我迫切地需要你们的智慧，我的朋友们。说出来吧，这块土地上最高组织的成员们，这只喜鹊到底想干什么呢？"

可是没有谁回答他。其他猫头鹰和"大猫头鹰"一样，弄不明白特拉斯卡的行动意图。谁也提不出一个站得住脚的意见，结果大家叽叽喳喳地议论开了。托马尔请大家安静。

"事实上，我们并没有像大家所信任的那样聪明。特拉斯卡挑衅的意图使我们全都困惑不已，可是绝不能让他就这么得逞！在他邪恶的头脑想要重复血腥的屠杀之前，我们必须做出回应。"托马尔怒容满面地说下去，"因此，我的建议是：我将不再做'大猫头鹰'了，因为目前我还配不上这个头衔。但我不会像我的朋友塞里瓦尔那样陷于绝望。等到我赢得这份胜利时，我将重新请求获得这个头衔。我将跟特拉斯卡没完，这是我跟他之间的事。他挑战的是我，狡诈如他，定是想用残酷的屠杀和暴行嘲弄我。好，那就让我去面对他吧！"

在托马尔做出决定后的一片寂静中，伊西德里斯第一个发言了。他温和地对他的这位朋友微笑着。

"托马尔，在这里的所有猫头鹰中，我认识你的时间最长。在我们当中，你一直是理智的代表。现在，请听听我的意见吧。你聪明，但你确实不再年轻了。独自鲁莽急躁地应对挑战并不是明智的做法。你不一定会获胜，甚至会帮助特拉斯卡达成目的——杀死'大猫头鹰'。让我代替你去对付他吧，我跟那只可恶的喜鹊接触过一次，十分想要再来一次。"

"谢谢你，伊西德里斯。但这个重担不能由别人来承担。别担心，我可能是老了，但我还没有完全丧失能力。我向你们保证，我绝对无意跟特拉斯卡比武，我只跟他斗智。我会找斯托恩和大雕们帮忙，他们会照顾我孱弱的身体的。不过，我想让猫头鹰会议留在这里，留在这块土地的中心，这样万一我失败倒下时，还有你们可以保护鸟国。伊西德里斯，我委托你代替我领导猫头鹰会议。"

"可波尔蒂雅的孩子需要你照料，你怎么能把他们交给别人呢，托马尔？"

"我很清楚我对叽哩克两个孩子的责任。"托马尔回答说，"我已经决定让他们跟我一起飞去北方。到了那里，在我跟特拉斯卡对抗时，让他们在大雕的保护下生活。我知道你们每一位都想在我离开后照顾他们，可你们在这里有更重要的工作要做。再说，梅里昂和奥莉维亚是交给我照顾的，他们将跟我一起走。"

*　　　*　　　*

特拉斯卡一直在等消息，哪怕这个消息来得不是时候。他连演讲词都准备好了。当他知道自己爱上了卡佳，他就一直激动不安。自从母亲死后，他的一生都只关心一只鸟的成败得失——这只鸟就是他自己。他以前从来没有过这种感觉，这次他却心乱如麻。爱情不在他的计划之内，这跟他想做的坏事似乎完全不相称。

但这又使他的残酷计划更加完美。当上整个鸟国之王，同时又得到这只美丽喜鹊的爱情，这样一来，他一生遭受的不幸就算终结了。特拉斯卡的狂妄自大让他忘了去怀疑卡佳对他的忠诚。他唯我独尊，用他自己的话来说，卡佳是一个由他说了算的伴侣！对于一个配偶，卡佳还能要求什么呢？她必须爱他！特拉斯卡再也等不及要表白他的爱情，向她吐露他计划的其余部分了。

特拉斯卡对卡佳和盘托出了他的打算，同时充满激情地对这位美丽女伴表达了爱慕。卡佳说她对他也有同感。特拉斯卡听了这话，满意地整理起羽毛来。当他正打算向她交代在这邪恶计划中她的任务时，一只冠鸦信使来到了林中空地。这片林中空地本是特拉斯卡费了好大心思选中的，可这只冠鸦此时成了不速之客，还未经特拉斯卡允许，就把带来的消息一口气说了出来，接着站在那里，像等待指示或者表示忠诚。这个愚蠢的家伙把甜蜜的氛围完全破坏了。

可特拉斯卡还是忍不住兴奋。冠鸦带来的消息说，有警卫鸟看到"大猫头鹰"托马尔和两只小旅鸫向这边飞来。这正是这只恶喜鹊所希望的。特拉斯卡几乎欢呼起来。"这个老傻瓜!"他叫道，"终于飞到我的圈套里来了!"

特拉斯卡的眼睛散发出那种渴望大获全胜的光让卡佳发抖，可他转过脸时，卡佳继续假装对他微笑。特拉斯卡把冠鸦打发走了。两只喜鹊单独留下来，坐在那里一时沉默不语。接着，特拉斯卡向卡佳大致说明了他要她扮演的角色。卡佳一边听一边吓得浑身冰凉，以为他终于知道她是谁。可当她发现他还是没有察觉时，又为这件事的讽刺意味发抖。他要利用她做圈套的诱饵，一个托马尔的善心无法抗拒的诱饵。卡佳的心里更加痛恨特拉斯卡，也深深地痛恨自己。他们计划做的事太坏了，太凶恶了，可她能怎么办呢? 她只能做要她做的事，才能获得仇人的信任，然后等待报复的机会。要做到这一点，目前她只能在这个可怕的计划中跟他们合作。她拼命祈祷复仇小子快点儿回来。

"快回来，我亲爱的复仇小子。那恶棍就在这里，我们把他捏在手里了。这次终于能了断这件事了。回家来吧，我的儿子，快回家来吧。"

272

*　　　*　　　*

旅鸫和红腹灰雀对着天空早就望眼欲穿了，可是他们别无选择。没有别的事可做，失望已经变成了听天由命。波尔蒂雅和米奇都说不准飞天舞还会不会回来。再说，她干吗要帮他们呢？除了让她辛辛苦苦地飞那么远的路，他们什么回报也给不了她。有什么理由让燕子恪守她的诺言呢？可是两只鸟都只把这种想法放在心里，因为如果说出来就等于承认失败，他们坚持下去的信心也就没有了。正在这时候，他们突然注意到天上有一个小黑点儿，波尔蒂雅的心跳加快。那黑点儿很快变得越来越大，最后变成了受欢迎的熟悉形象。

"飞天舞！"他们同时欢呼起来，燕子飞快地来到他们身边，打了两个转就降落了下来。

"欢迎你归来，长途跋涉这么久，一路还好吗？"波尔蒂雅有礼貌地问道，心中翻腾着别的更迫切的问题。

"噢，我不把这叫作长途！对于我这样的鸟，鸟国离这儿只有拍拍翅膀那么远！而且我很高兴去了那里。因为据我探查的范围来说，你们说的话是真的。"

波尔蒂雅一脸关切的样子，燕子为了让她放心，继续说："不要担心，鸟国依然和平，猫头鹰会议也像你们说的那样在管理着鸟国。我跟一只聪明的老猫头鹰谈过了，他证实了你们说的话。"

"托马尔！"波尔蒂雅兴高采烈地叫起来。

"不，"飞天舞回答说，"托马尔不在那里。他们告诉我，他飞到北方去了。"

"他为什么飞到北方去呢？"米奇问道，老猫头鹰的异常举动让他摸不着头脑。

波尔蒂雅关心起她的两个孩子："梅里昂和奥莉维亚怎么样？谁在照顾我的两个孩子啊？"

"他们和'大猫头鹰'一起去北方了。看来那里有些麻烦事。一只叫特拉斯卡的喜鹊闹了点儿事，托马尔不得不去处理一下。"

飞天舞看到波尔蒂雅脸上露出了惊恐的神情。

"看来你知道我提到的这个名字。"

"特拉斯卡就是杀害我丈夫叽哩克的那只恶鸟。"波尔蒂雅哭了起来，"他竟然还活着，又回来危害鸟国，这实在是个可怕的消息。"

米奇尽力安慰她："对，特拉斯卡确实坏得不能再坏了，不过他到底只是一只鸟，鸦鹊的势力已经没有了。他能造成什么真正的危害呢？不管他闹出什么事，都不能抵挡鸟国强大的正义力量。"

"你说得对，"波尔蒂雅试图镇定下来，说，"托马尔有智慧，他的机智远远胜过一只喜鹊。可是我的两个孩子，他为什么要把他们带到危险中去呢？"她又一次伤心起来，"米奇，我们必须回家！我一分钟也不能留在这里了。奥莉维亚和梅里昂有危险！"

"波尔蒂雅，你散发出的母爱光辉值得赞美。"灰雀说道，"不过你不仅是位母亲，你身上的任务比自然赋予你的母性更重要，你不能将鸟国的需要置之不理。不过不必害怕，托马尔有智慧，他不会把鸟国最伟大的英雄的两个孩子置于危险之中的。为了你的孩子，请振作起来吧。如果他们没有和托马尔在一起，我反倒更担心呢。"

听了旅伴这番有信心的话，波尔蒂雅似乎安心了一些。"没有你，我会做出什么事来，米奇？你的话一点儿也不错。我的任务在这里，作为鸟国的使者，我必须对所有信任我的同类尽责任，我必须丢掉恐惧，信任托马尔。只要托马尔在我的孩子身边，他们就不会受到伤害。"

第十章　误入圈套

飞往北方的路程又长又艰苦，特别是对两个小家伙来说。可是梅里昂和奥莉维亚热情高涨，时间似乎过得很快。再加上托马尔给他们讲了很多他们爸爸的故事，这两只小旅鹆就完全陶醉在爸爸的英雄故事中了。想想吧，他们正在追随父亲的足迹，朝北飞向他们母亲的出生地，这太让小家伙们激动了。

他们飞过高山幽谷，被大好河山的美景迷住了。现在他们还有一个热情高涨的理由，那就是他们正在飞去见大雕们。两只小旅鹆在猫头鹰会议上看到过斯托恩，他给他们留下了深刻的印象。他们从来没有见过一只鸟这么神气，这么威风。现在他们要到他山中的家去看望他。

奥莉维亚有些按捺不住。"你有把握斯托恩会让我们留下来吗，托马尔？"她上气不接下气地问道。

"我想有你们做伴，他会很高兴，而且觉得荣幸。别忘了你们的爸爸是谁，你们的妈妈是谁，我的小朋友们，你们是非常与众不同的一对小鸟。我有把握，斯托恩一定会张开双翅欢迎你们。"

托马尔对两只小旅鸫微笑着，他们听到他这样说，脸都红了。

"到斯托恩家还有多远啊？"梅里昂问道。

"天黑前我们到不了，"托马尔回答说，"我们得找一个合适的地方过夜。把你们的眼睛睁大些吧，孩子们，如果看到什么东西，不要怕，叫出来。"

虽然这不是托马尔说话的本意，可奥莉维亚真的叫起来了，提醒老猫头鹰注意暗藏的危险。这只美丽的小旅鸫看到了一只喜鹊，生怕这就是凶恶的特拉斯卡，于是大声叫着报警，声音听上去十分恐惧。没错，这是一只喜鹊，但不是特拉斯卡。

这是一只雌喜鹊，看上去很沮丧。她的羽毛潮湿蓬乱，可怜巴巴地躺在地上，好像全不在乎这样躺着会带来什么危险。两只小旅鸫跟着托马尔，飞下来落到一根低树枝上，靠近这只喜鹊躺着的地方。她还活着，托马尔确信这一点。他一看到她，就注意到她在微微呼吸。

现在更靠近一点儿，猫头鹰就能听到她极其痛苦的啜泣声。他十分同情这只受难的鸟。不管是敌是友，这只喜鹊需要帮助，他得去帮她。托马尔关照两只小旅鸫留在树枝上，自己飞到离这只喜鹊几米远的地上。看到她痛苦的神情，他的心一下子紧缩起来。老猫头鹰知道她一定发生了什么可怕的事。他试图再靠近一点儿，一边靠近，一边温柔地对痛苦的喜鹊说话。

　　"没事，受伤的小鸟，请镇定下来，你现在安全了，这里没有危险，没有什么能伤害你。我来帮你。"

　　托马尔安慰她的语气十分友好，可是喜鹊看着他的眼神痛苦万分。

　　"我能怎样帮助你呢？我的名字叫托马尔，请告诉我，你出什么事了？"

　　那只喜鹊开始抽抽搭搭地讲述起她的故事。这是一个伤心的故事，她什么也不隐瞒了。托马尔马上感觉到，她的故事会让他保护的两只小旅鸫受不了。奥莉维娅听到这只美丽小鸟被那么野蛮地对待，已经在哭了。可因为她提到了特拉斯卡的名字，所以老猫头鹰决定继续追问下去。

　　"请等一等，我得先去处理点儿事，马上回来。"

托马尔飞到树上那对小旅鸫身边，叮嘱他们待着别动，等他回来。"我不会离太远的。"他说。

接着他飞回地上，扶起雌喜鹊。

"跟我来，亲爱的，我要听你的故事，可你的故事不适合让孩子们听到。"

说着，托马尔把喜鹊带到远一点儿的矮林子里，然后让她坐在舒服的叶子上，请她说下去。

事情跟他原先担心的一样可怕。他面前的这只喜鹊曾经被特拉斯卡施暴，她对那次袭击的描述十分具体并且骇人听闻。特拉斯卡怎么也不会想到，他本想让卡佳编造一个故事来把托马尔和小旅鸫们分开，可这故事竟是真实的。卡佳说起来时的悲痛神情是真实的，她的眼泪是真实的，恐惧也是真实的，她永远忘不了那种恐惧。

托马尔的眼睛里充满了泪水。他真想飞走，这样就可以不用继续听她讲这个可怕的故事了。可是他不能。她那么需要帮助，他只好听下去。他必须帮助她。

奥莉维亚的尖叫声像把尖刀一样刺进了托马尔的心，托马尔这才知道他陷入了圈套。他看着喜鹊的眼睛，问道："为什么要这样做？"不等她回答，托马尔马上转身离开，飞去救那两只小旅鸫。可他一下子受到几只可怕大冠鸦的袭击，他们从四面八方向他扑来。很快，这只老猫头鹰就只能为他自己的性命而战了。

托马尔怎么也敌不过那么多对手，这让他更心急如焚。孩子们出什么事了？他没有力量去帮助他们。那个恶毒坏蛋特拉斯卡会对奥莉维亚和梅里昂做出什么坏事来？托马尔确信，这一切的幕后之手就是那只恶毒的喜鹊。

两只小旅鸫的叫声轻了一些，接着完全静下来了。为了避免最糟糕的后果，老猫头鹰积聚起力量向他们那边杀去。那些冠鸦野蛮地攻击他，老猫头鹰被围困在翅膀和利嘴的夹击中，很快就被自己的鲜血浸透了。

托马尔没想到自己会这样死去——受骗和蒙羞——对他来说是难以忍受的。"就算今天得死，我也要死得轰轰烈烈。原谅我吧，我的小朋友们，我没照顾好你们，把你们带到了危险当中。原谅我吧，波尔蒂雅。原谅我吧，叽哩克，我要跟你在一起了！"

特拉斯卡狠狠地啄两只小旅鸫的腿。他们在危险面前十分英勇，可他们的内心是害怕的。奥莉维亚和梅里昂都知道，这就是特拉斯卡——杀害了他们父亲的残酷恶鸟！

可他们的性命掌握在他手中，他们不指望这只恶鸟会放过他们。

不过他们还活着。当特拉斯卡，还有四只他们见过的最吓人的鸟落到他们面前时，他们本以为就要一命呜呼了，可特拉斯卡似乎另有打算。他不要他们死。这只喜鹊要折磨两只不幸的小旅鸫，从中找乐子。他可没安什么好心啊！

奥莉维亚透过泪水勇敢地问道："你为什么这样做？我们没碍你什么事吧，你要把我们怎么样？"

"你问得太多了！"特拉斯卡啄她的脸，轻蔑地说，"让我一个个回答你好吗？我为什么这样做？因为我能这样做，这就是原因。在这鸟国里，没有鸟能阻止我这样做。你没碍着我什么，没错，不过不幸的是，你是那只竭尽全力反对我的鸟的后代，只可惜他的力气还不够。

"我要把你们怎么样？又是一个好问题。我可以吃了你们，可是我不吃。你把我当作什么鸟啦？我可以跟你们玩，只是我不能确定，我真正喜欢的游戏你们是否也会喜欢。对，就是这样。你们两个将要做我的宠物，除非你们的大伯父托马尔用什么东西来交换，一个我实在想要的东西！"

特拉斯卡哈哈大笑，笑声尖厉，笑得越来越疯狂。现在他离目标那么近了！绑架了这对小旅鸫，他就能把托马尔玩弄于股掌之间。特拉斯卡知道，这只老猫头鹰为了保证这对小旅鸫的安全，什么都肯做，什么都肯牺牲。

＊　　　　＊　　　　＊

托马尔慢慢地、痛苦地恢复了知觉。他很惊讶自己还活着，他明白，在这场噩梦结束之前，特拉斯卡将有更多的侮辱举动施加到他这副老骨头上。由于失血过多，托马尔十分虚弱，跌跌撞撞地去找两只小旅鸫的踪迹。他看到了两具小尸体，心中一阵绝望。可他随即明白，这两只鸟已经死了好多日子了，再说他们的身体形状也不是旅鸫的。一想到特拉斯卡，他就怒火中烧，这家伙故意恶毒地把这两具可怜的尸体放在他会看到的地方。

托马尔不再东奔西跑，他坐下来动脑筋。如果两个孩子活着，那么，特拉斯卡一定已经抓到了他们。可是这只该死的喜鹊想要干什么呢？在大战中，鸦鹊的力量已经被打垮。特拉斯卡一定不会傻到想继续斯莱金那个统治整个鸟国的疯狂计划吧？

如果不是这样，那么特拉斯卡会有什么样的打算呢？他就那么恨叽哩克，那么恨这两只小旅鸫吗？如果是这样，那这两个孩子就没有活命的希望了。不过托马尔必须心存希望，他必须相信那两只小旅鸫还活着，特拉斯卡在实现阴险计划之前，会让他俩活着。

托马尔张开翅膀，抖掉羽毛上的灰。"想想吧，你这个老傻瓜！想想吧，特拉斯卡把梅里昂和奥莉维亚捏在魔爪中，你该怎么办呢？"

老猫头鹰想了又想，还是想不出答案。他不像平时那么有主意、有智慧了。他从没有觉得自己这么老、这么疲倦过。更重要的是，他一辈子从来没有觉得自己这样没用过。沮丧的乌云笼罩着他，扑灭了他的希望之光。眼泪从他充满忧愁的大眼睛里不知不觉地流下来，滴在他胸前的羽毛上。

一个很细的、理智的声音在激励他："不要放弃！你不可以放弃，你是梅里昂和奥莉维亚剩下的唯一希望，你必须想办法去搭救他们！"

这是一个很小的声音，微弱、细小，一个疲惫的声音。尽管如此，它说的是对的。托马尔点点头，一下子飞上了天空。他受伤的肌肉一阵阵地剧痛，但是他顾不了这些，赶紧拍动翅膀，飞到足够的高度，飞进晴朗的夜空。托马尔朝群山飞去，他需要帮助，他需要一个朋友——斯托恩。

第十一章　军事会议

"我的朋友们，"波尔蒂雅用有点儿发抖的声音说，"谢谢你们今天光临此地。"

这只美丽的旅鸫环顾周围一大群小鸟，他们聚在葡萄园里听她讲话。飞天舞待在她身边当翻译。这只燕子已经不辞辛苦地忙活好几天了，跟各种鸟的代表打交道，保证他们都来参加这个至关重要的集会。波尔蒂雅深深地吸了口气，稳定了下情绪。

"在鸟国，我们曾经度过了一个十分恐怖的时期。这一点我对你们毫不隐瞒。鸦鹊帮兴起，谋杀你们在鸟国的同类，我想你们都知道这件事了。坏事传千里，这话说得一点儿不假，不过好消息也有。我如今站在你们面前，就是要向大家宣布这个好消息的。喜鹊的恐怖统治已经结束，他们被彻底打垮了，鸟国重新恢复了秩序。如果你们不相信我的话，可以问问我的朋友飞天舞。飞天舞，是这样吗？你在鸟国亲眼看到了，对吗？"

燕子频频点头，证实了波尔蒂雅的话，与会者对这个令人振奋的消息感到欣喜，议论纷纷。

"鸦鹊在鸟国，或者在羽翼国里，已经不再成为威胁。你们这里的鸦鹊并没有受到斯莱金那种疯狂思想的影响，因此你们很难想象他犯下的滔天罪行。千千万万只小鸟死在他的霸权之下，千千万万只。"在旅鸫周围，小鸟们一个个难过地摇着头。

"那些喜鹊的谋杀罪行使鸟国丧失了大量的鸟，鸟国的无数珍宝被夺走了。不过，如今那里开创了一个黄金般的新世界。在和平环境中，鸟国是个美丽的国家。只是现在的鸟国没有歌声，我们需要你们美妙的声音。我请求你们回到族群里去，告诉大家鸟国的事。如果他们希望过上幸福的生活，那里可以实现他们的愿望。鸟国需要许许多多小鸟待在大树上、矮树丛里、田野上和树篱上，这样鸟国就完美了，就会有新的生命了。"

波尔蒂雅热情的恳求感动了在场的每一只小鸟。虽然他们不能直接听懂她的话，但可以感受到她真挚的情感。尽管还需要翻译，可是旅鸫的话像咒语一样镇住了他们。

突然，咒语被打破了——一只�鸫提出一个简单的问题，几乎让波尔蒂雅所有的希望都破灭了。

"为什么我们要去？"

这个问题让波尔蒂雅实在难以回答，她只知道她热爱那块土地。可这些鸟为什么要离开自己安全舒服的家，到一个陌生的地方去重新生活呢？她能用什么理由说服他们呢？他们在这里并没有危险。可鸟国曾经有可怕的名声，对于所有从上空飞过的小鸟，都是一个危险的地方，甚至是必死无疑的地方。现在她告诉他们，鸟国安全了，可能真的是这样，不过又能提供什么他们没有的东西呢？

这个简单的问题简直没法回答。因为是鸟国需要他们，而不是他们需要鸟国。他们的生命没有受到威胁，为什么要离开家园呢？这种想法在听众心中像野火般蔓延。波尔蒂雅看着他们，沮丧得张开了嘴。飞天舞尽力翻译听众传上来的话，但实在没有必要，波尔蒂雅能清楚地看到集会失败了。米奇用翅膀拍拍她，安慰她，但也不能减轻她的痛苦。她再也没有力气了，她转过身，好像无法面对这场失败。

飞天舞恳请与会者好好想想旅鸫的话，想得深入一些，不要只想到眼前的需要。可是听众开始慢慢散去，飞鸟们一只接一只地飞走，嘴里咕哝着："鸟国可能需要我们，可我们并不需要鸟国！"

旅鸫、灰雀、燕子难过地坐在一起，看着他们的希望随着群鸟的飞走而消失。他们现在能做什么呢？波尔蒂雅已经完成了她所能做的一切，作为鸟国的使者，她已经尽了全力。没有一只鸟能做得更多，或者能保证有更好的结果。现在，她不再是使者了，而是一位母亲。她一直压抑着对孩子们的担心，把这份担心置于鸟国利益之下。而现在，她已经做完指派给她的工作，她必须回家去。她听到飞天舞从鸟国带来的消息而产生的担心，如今在她的心中膨胀。波尔蒂雅把她的担心说了出来。

"好了，米奇，我能为鸟国做的我都做了。现在我必须想想自己，想想奥莉维亚和梅里昂了。我应该和他们在一起，我想回家。"她看着她的朋友，眼睛里含着泪水，"谢谢你！"她哀求他说，"我们不要再浪费时间了。我的孩子们需要我，我也需要他们！"

灰雀看着波尔蒂雅那几乎要绝望的眼神，心软了。他本想劝旅鸫再尝试一次，虽然他内心知道，这样的尝试也将是徒劳。

"好吧，波尔蒂雅，我们明天早晨离开这里，现在先睡一会儿吧。"

两位旅行者向飞天舞告别，感谢燕子的努力，尽管这努力没有得到预期的结果，然后他们亲切地说完最后的祝福就分了手。米奇用一只翅膀搂住波尔蒂雅，看着燕子的身影飞入暗下来的天空，渐渐远去。

＊　　　＊　　　＊

这是一个军事会议。斯托恩召唤大雕们聚集起来，坐下来听托马尔讲特拉斯卡的恶行。他们听说叽哩克的子女面临危险，一下子就愤怒起来。托马尔看上去完全垮了，他没能保护好受托照顾的孩子，心情沉重。在大雕们的眼里，他就像一片秋叶那样无力。

斯托恩看到他这位老朋友如此沮丧，于是安慰道：

"托马尔，你是'大猫头鹰'，是整个鸟国的领袖。在无数场合里，你已经显示出了你的智慧，证明了你的价值。作为'大猫头鹰'，你肩负着维护我们大家利益的责任。现在，你为自己做出的错误决定而后悔，担心它的后果。可是不要怀疑自己，我的朋友。你的营救只缺一个好主意，我不知道除了你，还有什么别的鸟能想出好主意来。"

"谢谢你，斯托恩。"老猫头鹰边说，边挺起了双肩，好像又恢复了自信，"可是话说得再好，也不能把两只小旅鸫带回来。我们必须想办法救出他们。得快！斯托恩，你必须派出侦察员去找特拉斯卡的窝，我断定这个窝的位置一定经过仔细挑选，而且守卫得很严密。冠鸦又大又凶恶，光这一点就叫大家害怕。如果地形对他们有利，那么我们的营救就会更加困难。这次不像上次那场大战，我们没有出奇制胜的办法。特拉斯卡已经准备好对付我们，我们必须迎接战斗。派出你的侦察员吧，我的朋友，然后我们大家再一起想办法打败这个坏家伙。"

*　　　*　　　*

等到侦察报告传来，正像托马尔所担心的那样，特拉斯卡通过卡佳找到的藏身处固若金汤，从空中没法攻破。尽管雕军大规模进攻是可以击溃冠鸦匪帮的，但是会损失惨重，而且不能保证两只小旅鸫的生命安全。托马尔和斯托恩商量过各种办法，可是每个办法到头来都会回到同一结果——两只小旅鸫会遇害。就算让特拉斯卡一命呜呼，这种方案老猫头鹰也绝不能接受。

"让我们先假定孩子们依然活着。如果只是为了杀掉叽哩克的子女，特拉斯卡不会这样兴师动众，他的计划一定比这更恶毒。两只小旅鸫在这个把戏中只是质子。他会把他们当作讨价还价的筹码，以获得他真正想要的东西。"

斯托恩盯住猫头鹰忧伤的大眼睛。"你知道他想要的东西是什么吗？"他问道。

"说不准，不过我不认为奥莉维亚和梅里昂的死是他的最终目标。我相信，在用他的恶毒计划把我折磨一通之后，他也会要我死。"

"我们不能让这样的事发生，否则特拉斯卡就全胜了。他永远不可能在斯莱金失败的地方取得成功，绝不能让他得逞！"斯托恩的眼睛里露出凶光。

"这由不得你选择，"托马尔严厉地提醒大金雕，"我必须决定我自己的命运。我老了，如果这样做能保证鸟国的未来，我不仅随时可以去死，而且心甘情愿用这具老骨头来换小旅鸫们的自由。"

"你疯了吗？"斯托恩叫起来，"你不能相信那只恶喜鹊，他永远不会放过那两只小旅鸫的。你自投罗网，只是在他们无可避免的死亡上搭上你自己的性命！"

"我的朋友，"托马尔用宽慰的语气说，"一切死亡都是不可避免的。只是每一只动物都应该在天意要他死时才能离去，而不是死在这之前，相信这永恒的规律吧。我不打算在无效的情况下牺牲自己。可我的确打算，不管要我付出什么代价，只要能让波尔蒂雅的孩子得救就行。特拉斯卡一定看到了你的那些侦察员，他一定不打算再隐瞒他的藏身处。你那些大雕侦察到的冠鸦，可能是故意部署在那里的。我想，特拉斯卡也许希望我们被迫采取鲁莽行动，我们一定要让他聪明反被聪明误。不管怎么样，我们等着听特拉斯卡的条件吧。"

*   *   *

梅里昂和奥莉维亚相互偎依着想舒服些。他们都害怕那只疯狂的喜鹊，他想从他们的痛苦和屈辱中收获残酷的快感。特拉斯卡用他有力的利嘴凶狠地啄断了梅里昂的两条腿。太痛了，可是小旅鸫坚忍着不让眼泪流出来。

"哎呀，哎呀！你是一只多么勇敢的小鸟啊！"特拉斯卡讥笑他，"真是个英雄，就像你的老子——已故的伟大的叽哩克一样！"

奥莉维亚的眼中闪着蔑视的光。"我们的爸爸是真正的英雄。他到底打败你了，不是吗？"

特拉斯卡用翅膀掴她的头。

"没有谁能打败我！"这只喜鹊咆哮着，"更不要说叽哩克！他如今死了，不是吗？"

"是的，是被你谋杀的，你这个屠夫！"

"没错，不过我更喜欢用'处决'这个字眼。你们的爸爸该死。他一再阻挠我，那只同样该死的老猫头鹰托马尔也是。想打败我？永远办不到！你们以为我是傻瓜斯莱金吗？他的计划可不是我的计划。他太浮夸了，把权力浪费在不切实际的东西上。而我更实际，你可以说我唯利是图。我要的东西其实很简单，我活着只为了报仇，我要报复你们的爸爸。现在，我要把仇报在他的老师身上。我一定要教训教训托马尔，他现在是鸟国的真正统治者！"

第十二章　再次启程

　　旅鸫和灰雀回到家乡，迎接他们的是一个凛冽又阴沉的黎明。鸟国笼罩着一层灰幕，沉重的云彩和昏暗的天气完全就像这两只心灰意冷的小鸟此时的心情。在羽翼国的失败让他们感到沮丧，所以当他们飞过克拉肯悬崖上的家时没有停留，直接飞走了。

　　从飞天舞所说的话来看，在鸟国曾跟她谈话的是雪鸮伊西德里斯。因此，旅鸫和灰雀只好去向伊西德里斯汇报他们的失败，寻求指点。猫头鹰会议急于听到消息，但希望听到的是好消息，而不是失败的消息。回程时，两只小鸟已在渡船上休息过了，因此并不感到疲倦。不过他们情绪低沉，无精打采。他们用极大的意志力才飞到了猫头鹰会议的所在地。当他们从树顶上飞下来，降落到一棵树的枝头上时，伊西德里斯正在等着他们。

　　那天夜里，雪鸮很早就出来打探，好像预料到两只小鸟会回来，并且需要他的帮助一样。他照规矩用洪亮的声音向他们问好，他们还礼，可是耷拉着脑袋。伊西德里斯安慰他们说：

"欢迎回来，我的朋友们。不过为什么这样耷拉着脑袋呢？难道那么快就到世界末日了吗？要记住，我们曾经面对过阴霾，并且战胜了它。"

波尔蒂雅忍不住流下眼泪："那阴霾依然存在，听说现在还威胁着要杀害我的孩子，就像曾经杀害我的丈夫一样。这是真的吗？"

"冷静点儿，我的孩子。比起斯莱金全面性的计划，特拉斯卡的威胁还在可控范围内。鸟国毕竟已经太平了。"

伊西德里斯的平静让波尔蒂雅很愤怒。"你怎么能坐在这里说这样的话呢？那只喜鹊太可恶了，只要这样的恶棍存在一天，鸟国就一天不能太平。一个苹果烂了，它的病毒会蔓延，最终使整棵树都枯萎。你怎么能对我说，我孩子的危险算不得什么呢？"

"对不起，波尔蒂雅，我没想得罪你或者你的家人。认识叽哩克，我一直认为是我最大的荣幸，我绝不会做任何有损于他的事情。"

"对，这我知道，伊西德里斯。是疲倦和失望让我说话时没了分寸。"

"那么先休息吧，休息过后我们再谈。我知道你急于跟梅里昂和奥莉维亚重聚。不过你要先养足精力。"

*　　　*　　　*

"现在告诉我，"几个钟头后，当波尔蒂雅坐在伊西德里斯面前时，他说，"你到羽翼国，没有达成我们的原定计划，对吗？"

"我们彻底失败了。"旅鸫沮丧地说。

"别太早下结论，波尔蒂雅。你已经播下了种子，这个种子也许会发芽。我相信，没有别的鸟比你更适合承担这个使命。如果天意注定这样，那么我们就重新考虑，为我们的未来做出新的计划。我们的愿望有可能许多代都不能实现，等到它开花结果，说不定我们早已死去。只可惜我没有像托马尔那样的本领。也许正是这个缘故，他成了'大猫头鹰'，而我只是一个小兵。"

"你怎么能这样说？"波尔蒂雅为伊西德里斯的自嘲感到难过，大声叫道，"在整个土地上，猫头鹰会议的所有成员都受到爱戴。不要怀疑你对鸟国的作用，你的作用比我的要大一百倍。"

"你这么说让我感到难为情，波尔蒂雅。可是争论谁对鸟国更有价值，是没有意义的。还是让我们达成共识吧！我们两个都对鸟国的未来负有重大责任，如果有一天我们离开这个世界，鸟国就会遭受重大的损失！"

波尔蒂雅尽管既难过又担心，但还是跟雪鸮一起笑了起来。扔掉包袱的感觉让她觉得好过一些了，这种快乐像一阵清风一样吹过她的全身，净化她的心灵。当她眼中重新闪起光芒看着伊西德里斯时，猫头鹰心里很高兴，在未来的日子里，他们都非常需要这种活力。

"我们毕竟充满希望，"伊西德里斯继续说下去，"还有更多迫切和重要的事情需要关心。现在你还得做另一次长途飞行，不过不要害怕。你用不着单独面对。我知道米奇会跟着你到天涯海角，只要你请他这样做，他一定会答应。如果你要我做伴，我也将感到很荣幸，会和你一起飞到北方去。我已经嘴痒痒得要做点儿事情了，希望我能帮上托马尔一点儿忙。"

这回轮到灰雀直率地说起话来了："我是猫头鹰会议选派出来陪波尔蒂雅做危险飞行的，我相信我已经证明了自已担当得起这个任务。至于帮助'大猫头鹰',不用说,他已经委托你在他离开的时候负责领导鸟国。难道你能放下这份责任吗?"

"好。真让我惭愧,你这个家伙身子小主意大,指出了我的责任关键。虽然不做点儿事让我难受,但我只好留在这里,尽我所能。波尔蒂雅不需要再有别的旅伴来保证她的安全,没有比你更忠实的朋友了。我被安排在这个位置上,而波尔蒂雅则应该在她孩子们的身边。现在走吧。"

*　　　*　　　*

复仇小子越往南飞越危险。无论在鸟国的什么地方,喜鹊都不受欢迎,尤其在中部地区,喜鹊必须保持更大的警戒心。复仇小子几乎只能在天黑时上路,这本身就很危险。夜间不适合飞行,除非是一只猫头鹰,或者是一只食肉猛禽,正在隐蔽处等着吃美味的喜鹊肉。

复仇小子没遇到什么鸦鹊,也没打听到什么消息。偶尔遇到的同类早就吓坏了,除了保命,其他什么也不关心。复仇小子碰了许多钉子,才得到一点儿关于特拉斯卡的消息。那场大战的劫后余生者,一提到他的名字就不屑地吐口水,说战争一败,特拉斯卡就逃得无影无踪了。

那么，特拉斯卡去了什么地方呢？有关这只恶喜鹊的藏身处，复仇小子口水问干了也没问出来。特拉斯卡踪影全无，一点儿消息也没有。复仇小子太天真了，甚至没有想过，他会找不到他的敌人。自从生下来，不管是醒着的还是睡着的，报仇一直就是他活着的目的——和特拉斯卡相遇，拼死一搏，最后取胜。可现在他甚至找不到对手，这让他大为失望。复仇小子想到他的母亲，她所有的希望都在他身上。他不能，也绝不愿辜负她。

　　就这样，复仇小子决定冒着被抓住的危险，留下来碰碰运气。他把网撒得更宽，尝试从自己同类以外的渠道入手寻找线索。

　　鸟国憎恨鸦鹊，这使复仇小子无法和任何一种小鸟公开交谈。他不得不采取威胁的办法来寻求他所需要的信息。可是每一次挑衅都让复仇小子更遭怨恨。他的这种行为会给自己招来杀身之祸的。

　　最后，当他快要放弃希望时，幸运女神却对他嫣然一笑。他在逃离猫头鹰追捕他的那个地区时，因为筋疲力尽，掉到急流旁边的一丛矮树里了。

　　鹧鸪安妮丝看到这只喜鹊离她的窝那么近，吓了一大跳。她因曾经帮助叽哩克，而吃过鸦鹊的大苦头。她肉体的创伤早已愈合，可精神的创伤依然还在。她的第一个想法是，趁他昏迷时杀了他。这样做是公正的，她到底是被他的同类虐待过的。可是鹏鹏的善良本性阻止了她做出这样凶残的事。不管自己遭了多大的罪，安妮丝不能夺走另一只鸟的生命。

复仇小子醒来时，第一眼看到的是一个针尖似的嘴和鹏鹏眼中的憎恨。

"你为什么这样看着我?"喜鹊问道，"我怎么得罪你啦?"

喜鹊的口气让安妮丝吃了一惊。这声音一下子让她回想起那群伤害过她的喜鹊，尤其是他们那个凶恶的首领。可现在这只喜鹊没有威胁，也没有逞凶的迹象。安妮丝看向他的眼睛，看得出来，他也受了很多苦。他睁着那只好眼睛回看她。

"他不害怕，也不希望我害怕。"鹏鹏想。

"你的确应该更小心，旅行者，这里不是对喜鹊友好的地方。说实话，没有什么地方对喜鹊是友好的，你的同类在这个地方做的坏事太多了。"

"我每次呼吸，心中都为同类的所作所为感到抱歉。鸟国曾经遭受了可怕的损失，比我开始长途飞行前想象的可怕得多。"

安妮丝看得出复仇小子眼睛里的悲伤是真实的，她断定这是一只她应该帮助的喜鹊。"说到长途飞行，看你的样子，实在不像是一只充满恶意的喜鹊。当整个鸟国都在反对你们时，你为什么要出来冒险呢？"

"我只能这样做，"喜鹊回答说，"我有一只同类——他下流、狠毒、十恶不赦——我必须找到他，想办法把他杀掉。他的名字叫特拉斯卡。他伤害过我的妈妈。"

复仇小子起先以为安妮丝呼吸突然急促，是因为对他正在追捕的这只喜鹊的暴行感到震惊。可他很快就明白了，这只鹛鹛知道这个名字。

"你听说过这个恶棍？"他问道。

"太清楚了，我真不想听到他的名字。"她回答道，并给他看她遭遇那只可怕的鸟时留下的伤疤。

"他对我妈妈犯下的罪行让我立誓要杀死他，现在这个愿望更强烈了。他该死！"

"我真弄不明白！"安妮丝难以置信地喘着粗气，"天意神秘莫测，喜鹊要惩罚喜鹊。不过你想报复他可不容易，我的朋友！"

小喜鹊猛地抬起头来。"你知道他在哪里？"他问道。

"我只知道最近有消息传到猫头鹰会议，说遥远的北方重新出现了暴行。大家认为那是特拉斯卡干的。你要找的那只鸟在那里，不在这里！"

复仇小子的脸上半惊半疑。特拉斯卡竟在他的家乡？在他和妈妈的家乡！这太可怕了。卡佳给他的使命支走了她唯一的保护者。不过他们怎么能预见危险就在他们的眼皮底下呢？他必须走了，马上动身！但愿为时不晚！

第十三章 卡佳之死

那两只冠鸦很大。托马尔觉得，长得那样高大应该是不能飞翔的。虽然他们样貌丑陋，却高傲自大，目中无人。老猫头鹰和斯托恩看着他们不急不忙地飞过来。

最后冠鸦们落下来，跳上前来见"大猫头鹰"和大雕领袖。芬巴尔开口说话了："我带来了这块土地之王的御旨。"

斯托恩对这种傲慢无礼的态度十分生气，上前一步，托马尔及时拉住他的翅膀示意他不要作声，然后笑着问道："请问他是谁呢？"

"会有鸟不知道自己的王吗？我说的是特拉斯卡。你见到的一切全是他的——还不止这些。代他向他的子民托马尔致意。"

"为此我该谢谢他。"老猫头鹰咬牙切齿地回答说。

"我会转达你的谢意的。或者，你可以亲自去向他表达谢意！特拉斯卡请你去见他。出于某种原因，他深信一定可以从一个有经验的老头身上学到点儿东西。虽然我想不出一个土包子能教一个国王什么。"

芬巴尔羞辱着"大猫头鹰"，得意地傻笑。不过托马尔平静地听完了，神色未变。

"我时刻准备着引导那些没走正路的鸟，只要我相信他们还能改正。不过在你这位主子身上，我觉得只会浪费力气。"

老猫头鹰尖锐的反击，顿时使这只蠢冠鸦手足无措。

"你一定要去，这是特拉斯卡吩咐的。"芬巴尔突然想到一件事，他的自信心又回来了，"再说，他那里还有两只小鸟，你一定想再见见他们。"

现在轮到斯托恩按住他的伙伴了。托马尔接连摇了几次头，竭力保持镇静。

"你说得对。我非常想再见到那两个可爱的小家伙。特拉斯卡没必要替我照看他们。他们还好吗？"

"要多好就有多好！"大冠鸦哼了一声，"至少他们还活着，不过还能活多久，我就说不准了。这得看我们国王的恩典。"

"他们会活着的。"托马尔轻轻咕哝了一声，然后转身对冠鸦说，"我这就跟你去。"

斯托恩看着他的老朋友，惊呆了："你不能……"

托马尔摇了摇头。"我必须去，"他的话简洁有力，"没有别的办法。"

*　　　*　　　*

波尔蒂雅还不知道她的两个孩子已遭遇的灾难，只顾着集中意志一路向前飞行。一片片土地在她身下掠过。她连休息一次都舍不得。

"我们不能飞得更快些吗？"她向疲倦的旅伴抱怨说。

"噢，当然。我们就像是绕了地球好几圈似的，可是你知道，我是个有血有肉的动物，我已经精疲力竭了。"

波尔蒂雅对米奇投去失望的一瞥，但看到他这么疲倦，她的目光变得柔和起来了。"你是对的，"她说，"再晚半小时也没多大差别。休息吧，我亲爱的朋友。"

米奇不再多说话了。一落到树上，他就倒在树干上，很快睡着了。波尔蒂雅看了灰雀一会儿，他已经成了她一个特别宝贵的朋友，她对他的要求已经够多了，而他为她分担的更多。

304

"让他睡吧，"她自言自语道，"我们还有那么长的路要飞，谁知道这一次飞行结束，等待我们的将是什么呢。噢，托马尔，保护好我的孩子吧，我太为他们担心了。"

*　　　*　　　*

"你就是为了这个吗？虐待这两个孩子？"托马尔第一次见到特拉斯卡，他实在奇怪这只看上去并无特别之处的喜鹊为何如此恶毒。特拉斯卡的恶行在"大猫头鹰"的心中早就成为邪恶的代名词，可实际上他真的很不起眼。不过毋庸置疑，那些坏事就是这只喜鹊干的。托马尔的目光从喜鹊身上转向他身边的女伴。"愿上天饶恕我！"他悄悄说了一声，用可怕的目光盯住她看。

卡佳赶紧躲开他责难的眼光，垂下双眼。她一辈子从来没有感到这样羞耻过。她的眼睛落到两只小旅鸫身上，他们蜷缩在芬巴尔的爪子下。

"放了他们吧，"她乞求说，"你已经得到你想要的了，没有必要再伤害他们。"

"我说有必要就有必要！"特拉斯卡恶狠狠地说，"他们是叽哩克的崽子，我要像对待他们的老子那样对待他们。"

"你不能让这样的事再发生！"托马尔向卡佳恳求道。

"可是我阻止不了他。"她难过地啜泣道。

"我知道你不是只坏鸟。"老猫头鹰说下去，"你怎么能站在他那一边，在他对你做了那么多残酷的事以后，还要让他这样对别的鸟吗？"

"你这个愚蠢的老傻瓜！"特拉斯卡哈哈大笑，"那都是编出来的。编出来引你走开，让我能绑架这两只该死的小旅鸫，迫使你爬到我这里来。"

"不，她对我说你对她施暴时，根本不像是在说谎。没有演技这么好的演员。"

"我亲爱的伴侣是世界上最伟大的演员，最会演戏！"

"你怎么敢这样说？你怎么敢把我叫作你的伴侣！"卡佳咬牙切齿地吐出这些话，盯住特拉斯卡看，"你用你的野蛮毁了我！你毁了我的生活、我的快乐。你扑灭了我心中一切美好甜蜜的东西。你用你的秽亵行为玷污了我的灵魂。堕落分子！可恶的暴徒！我恨你，你让我作呕！别把我叫作你的伴侣！"

特拉斯卡一下子大惊失色。他张大了嘴，拼命摇着头，完全不相信刚才听到的话。"不，这不可能！你在说什么啊，卡佳？亲爱的，我永远不会伤害你。"

“没剩下什么能让你伤害的了，”她回答说，“什么也没有了，都让你拿走了。”

“什么？”他结结巴巴地说，仍旧不敢相信。

“你甚至都不记得了！”她对他尖叫，“噢，也是，你为什么要记得呢？你一辈子都在用这样的方式污染整个世界。你为什么要记得那样的暴行呢？”

“我不知道，我真的不知道。我爱你，卡佳。”

“你没资格爱。你需要有一颗心去感受爱！你有心吗？”

特拉斯卡顿时觉得呼吸困难，好像一下子被推进了无底深渊。他的耳朵里响彻着卡佳愤怒的控诉。

“你的灵魂在地狱里，特拉斯卡。”托马尔的声音在寂静中响起来。

老猫头鹰咒骂的话再一次让喜鹊发狂。

“哼，至少我可以把这两个崽子带走！”特拉斯卡声嘶力竭地大嚷，杀气腾腾地向梅里昂和奥莉维亚快步走去。

托马尔还没来得及反应，那只恶毒的喜鹊已经冲到奥莉维亚面前，作势要猛掴那对小旅鸫。就在千钧一发之际，卡佳做出了反应。她忍无可忍了，现在代替忍耐的是一直压抑的痛苦和愤怒。

卡佳的身体里燃起一种压不住的可怕的狂暴，她怒火冲天地扑向特拉斯卡。她的仇恨赋予了她无可估量的力气，在她的攻击下，那只恶毒的喜鹊向后倒了下去。

特拉斯卡又惊又怕。他爱她！可她为什么要这样做呢？他只想伤害他的敌人，不想伤害他最爱的伴侣。而现在她恨他，恨不得要杀死他！太不可思议了！特拉斯卡发不出任何怒气来回击她，他不肯利用自己超过她的力气和经验来对付她。卡佳的愤怒一阵一阵爆发，他只能避开她的爪子和利嘴的致命袭击，可是这样的消极抵抗使他身受重伤。卡佳连续进攻，特拉斯卡的头和脖子流出血来。她无比的愤怒并没有因看到血而平息下来。她要他死，要为这个世界除掉这令人讨厌的畜生。

就在卡佳的进攻眼看要得胜的时候，她一下子发现自己必须为求生而防守了。因为特拉斯卡那些迟钝的手下终于明白，他们的首领有危险了。他们尽管低能，却十分强壮，四只冠鸦把卡佳从特拉斯卡身上拉开，并袭击她。转眼间，这只美丽的喜鹊就被杀死了。当卡佳在特拉斯卡眼前被撕碎时，他站着一动不动，流下了眼泪。他眼神中的狡猾和恶意全消失了，被目睹伴侣死去带来的惊恐冲刷掉了。冠鸦们杀死了她。她没有了！他已经失去她了。他失去了一切！

那四只杀死卡佳的冠鸦看着他们的首领，想要得到称赞，甚至是感谢。他们到底救了特拉斯卡的命，不是吗？可是这只喜鹊一动不动，惊呆了。现在这世界上又剩下他孤零零一个了，他不知道自己该如何承受这巨大的悲痛。他转过身去，背对着这一切，慢慢地跳着走开了。

*　　　*　　　*

当那几只冠鸦还在为卡佳的遗骸争吵不休时，托马尔急忙冲到两只小旅鸫那里，悄悄地把他们带离了这个血腥的现场。他怕特拉斯卡随时会从失魂落魄中回过神来，重新恢复行动。

"你们都好吗，我亲爱的？你们能飞吗？"他看着梅里昂受伤的腿，满脸担忧。

"我不能走路，但是我想我能飞。"

"真像你的爸爸！"托马尔想起叽哩克，心里有些欣慰，他左右观望着寻找路线，"现在我们得走了。这些冠鸦很快就喝够了血。没有特拉斯卡带领他们，他们会干出什么，我可拿不准。"

老猫头鹰和两只小旅鸫飞上天空，飞回斯托恩的山中堡垒。

特拉斯卡看着他们飞走，两眼空洞。再也没有什么关系了，一切都已逝去。他的生命完了，曾经是熊熊烈火，现在只剩下了灰烬。那烈火曾经威胁着要吞掉整个世界。

"你是特拉斯卡吗？"

这话听上去不是问话，而是挑衅。特拉斯卡抬头看着刚落到他旁边树上的一只鸟——像他一样的一只喜鹊，不过是一只心中仍旧燃烧着烈火的喜鹊。特拉斯卡看到了一只充满炽烈仇恨的眼睛。

"我的妈妈在哪里？"复仇小子问道，声音冷得像从坟墓里发出的一般。

"谁是你的妈妈……"他喃喃地问。

"我的妈妈在哪里？"复仇小子又问了一遍，可下一秒，他的目光落在了卡佳的尸体上。

复仇小子充满仇恨的目光迸射出可怕的杀意，让特拉斯卡寒冷彻骨。特拉斯卡突然明白了，什么也没有问，但是他肯定知道了，在他灵魂深处，最微弱的火焰再次燃烧起来。至少，还留下了一点儿什么——一点儿希望。

"她死了，我的儿子，"特拉斯卡回答说，"我们现在都孤零零的了。只剩我们两个了。"

　　"我是来处死你的！如果我完成了使命，我的妈妈就会瞑目。今天她不会孤独地死去。"

第十四章　鸟国复兴

特拉斯卡打量着他的对手。他为他所看到的感到欣慰。

"我有一个多么强壮的儿子啊，"他想，"肌肉发达，而且十分敏捷。从这里看，他的嘴像刀子一样尖利。不过我还是不要再靠近了。"

当复仇小子飞到地上时，正对着特拉斯卡。特拉斯卡一下子看到了复仇小子那只残废了的眼睛，心中不禁百感交集。他难过，因为这样一个棒小伙竟有这样的缺陷；他得意，因为他知道，毫无疑问，他能打败这只小喜鹊；他生气，生这个世界的气，因为它把他心爱的卡佳带走了，现在又要迫使他去决斗，去杀死自己的儿子。

一时间，特拉斯卡曾考虑放弃作战，毫不反抗，任凭他的儿子杀了他。可是这违背他的生存意愿。他的求生本能从生下来就十分强烈。他快速地朝四周看，估量着这个战场的地形。这里是一块很大的空地，草木稀疏，地面平坦。他可以在地面上作战。要是在空中，复仇小子在敏捷和速度上也许能胜过他。而在地面，特拉斯卡可以让他的敌人处于不利位置，因为小喜鹊只有一只眼睛。

"你准备好了吗?"复仇小子厉声问道。

特拉斯卡往旁边跳了跳，然后猛地冲向前，扑向复仇小子，给他狠狠一击。突然他快速退后，叫道："别废话了。如果你想报仇，那么就先动手后动口!"

当复仇小子飞快并且凶猛地向他扑来时，特拉斯卡向后摔倒了。正像他害怕的那样，那尖嘴每啄一下都是尖利致命的，他拼命躲避，才免于被戳到心口。他再次闪到旁边，在复仇小子的脸颊上划了一道伤口，那里第二次流下了血。可他要是以为他的儿子会因为出师不利而狂怒，那他就要失望了。说实在的，当他看到复仇小子保持清醒，重新部署，开始试探老喜鹊的防御弱点时，反而感到十分自豪。

战斗激烈地进行着。复仇小子忽然发现有旁观者。他看到一些冠鸦围着观战，不禁有点儿胆怯。

"一对一!"他对特拉斯卡大叫。

"当然，我的儿子，我不会采取别的打法的!"老喜鹊用脚尖跳来跳去，眼睛盯着对手，却叫得让所有冠鸦都听得见："他是我的。除了我，谁也不能杀他！我不需要任何帮助！"

那些冠鸦狞笑着，充满恶意地乱叫。可是复仇小子不理他们，集中精力继续他的任务。特拉斯卡看到他这样，倒是有些害怕了。他也许低估了对手。这孩子看来铁了心要杀死他。不过那只眼睛！他对自己说："就是它——那只眼睛！那个弱点将是他的致命伤。没有了一只眼睛，他就打不赢你！"

特拉斯卡的幻想被狠狠地打破了。他又一次错误估计了小喜鹊的速度，这一回，一只爪子抓破了他的腰。要是再下来一寸，他的腿就残废了。这伤口提醒特拉斯卡，他面临的战斗有多么艰巨。他开始采取不停跳动的战术，从一个方向进攻，突然狠狠出手一击之后立刻改变方向。这样一来二去，打得对手鲜血淋漓，体力渐渐地被削弱。现在复仇小子从头到脚浑身是血，特拉斯卡为自己儿子的精力感到吃惊。"见鬼，这小子真勇敢！"他不禁微笑。

可是这微笑让复仇小子以为是嘲笑，他的勇气终于没有了。最后他流出了绝望的泪水，他笨手笨脚地扑向这只邪恶的喜鹊。"去死吧！"他尖叫着，鼓起剩下的力气，最后一次拼命地出击。

特拉斯卡一下子侧身闪开，让复仇小子扑了个空。等到复仇小子明白特拉斯卡的意图时，为时已晚，他像一支箭一样冲得太猛，来不及转身，而老喜鹊从另一边侧身过来，用他残酷的尖嘴狠狠地戳下来。

复仇小子痛得大叫一声，眼前一片黑暗。他什么也看不见了，他在空地上一瘸一拐地绕圈，拼命寻找他的敌人。特拉斯卡看着他的儿子受苦很心痛，他知道让他的儿子立刻完蛋是件好事。再给他一下就够了，应该让他光荣战死，这孩子配得上。

特拉斯卡转过身，背对着一瘸一拐挣扎前行的复仇小子。"把这小子了结了吧！"他对聚在一起的手下说了一声，然后飞上天空，精疲力竭地飞走了。

＊　　　＊　　　＊

母亲和孩子们团聚，是一件令老猫头鹰托马尔深感欣慰的事。他错误判断了那么多事情，好在最终结果不算太糟。梅里昂的腿很快会复原，两只小旅鸫经历了那么多危险，精神却都没有受到创伤。像所有小朋友一样，他们争着讲述自己的冒险经历。波尔蒂雅把他们两个抱在怀里。托马尔满意地微笑着，退了出来，好让这一家子去享受天伦之乐。

从米奇那里，托马尔知道了他们出使羽翼国的情况，知道了那里的小鸟不愿意迁徙到鸟国来安家。

"这结果让我难过，不过也不是完全没有希望。这个尝试必须做，任何其他的鸟都无法像你俩这样完成这项艰巨的任务。你们做出的努力是不会被忘记的，整个鸟国都将感谢你们。接下来我也要跟波尔蒂雅这么说。现在她有她的孩子们需要安慰，我就不去打扰他们了。

"我们要向你们两位致敬。你们是一对优秀的、勇敢的鸟，是鸟国的荣誉。即便个子小，只要心够大，也能获得成功，你们就是最好的证明。不过必须说，鸟国的未来将十分冷清。我们需要许许多多小鸟，来恢复斯莱金破坏了的生态平衡。想到他的罪恶计划至少有一部分还是成功了，我就感到恼火。"长久以来的各种忧心让老猫头鹰的眉头出现了皱纹，他看上去的确很老了。

米奇极其关心他的同伴。"托马尔，我的朋友，你必须休息了。你看上去实在疲倦！你吃过东西了吗？"

"有太多重要的事要做，顾不上我的肚子了！"老猫头鹰哈哈大笑。

"万一鸟国失去领袖——全国最好的智囊，只因为他忘记吃东西，这对鸟国可不是一件好事！"

"这一回又是你说得对，米奇，你的智慧让我惭愧。我一定会吃点儿东西，然后休息。明天就要开始重建鸟国的未来。"

*　　　*　　　*

猫头鹰会议那些受大家尊敬的成员，又一次围坐在会议的会场里，就是神圣橡树旁的那块空地。除了参加过战后第一次会议的原先的八位，这次又增补了四位热心的年轻猫头鹰。他们一个个被庄严地领进猫头鹰会议的会场，在他们的长辈旁边落座。如今，猫头鹰会议的力量恢复了。看到新一代眼睛明亮、思维灵活的猫头鹰，大家感到未来是有希望的。

"大猫头鹰"托马尔自豪而愉快地环视了一圈。但愿鸟国的未来也会这么有活力，他在心中默默祈祷。接着他开始讲话。

"朋友们，我们今天在这里开会有两个目的。第一个目的是，要向诸位面前的这一对无比勇敢坚定的小鸟致敬。"

十二双眼睛一眨不眨地看着圈子当中的旅鸫和灰雀。

"波尔蒂雅和米奇虽然没能完成会议交给他们的任务，但我们全都知道，做这件事有多么艰难。鸟国不可能选出更好的使者了，我为他们所做的努力感到骄傲。"

众飞鸟异口同声，深沉响亮地和"大猫头鹰"一起感谢旅鸫和灰雀。然后托马尔举起翅膀请大家安静，接下去说："不过我们必须面对现实。任务还没有完成。鸟国仍面临很大的危险。除非有办法吸引大批小鸟到我们海岸来，否则前途将十分黯淡。自然规律至关重要的一点就是生命的延续。我们已经遭到了一次自然规律的破坏，好在我们战胜了斯莱金。而且我一定会信守诺言，不把昆虫当作食物，不但我当'大猫头鹰'时如此，如果猫头鹰会议希望保持信誉的话，我希望以后也一直如此。

"谁能带着我们实现第二个会议目的呢？也许我们的新成员能想出一个好办法，有创意的头脑总是受欢迎的。不要害怕，大胆地说出来。"

大多数猫头鹰提出了他们的意见，这些意见在猫头鹰会议上被认真地讨论了，但是无一例外，又都被否决了。

一片失望的愁云笼罩着整个会议。大家明白，其实只有一个办法，但之前尝试过，已经失败了。

这时候一只小猫头鹰犹豫了一会儿，终于鼓起勇气说了出来："也许我们可以使用更强有力的措施，使小鸟们飞来鸟国。我们已经走到了绝境，也许要孤注一掷了。"

"愿时间教会你明白说这番话有多么荒唐！"托马尔生气地说，"如果你这是建议对羽翼国的同伴采取暴力，那么，你的这番话会成为我们会议的一个不祥开端。你想变得跟那些喜鹊一样吗？"

"请原谅，托马尔，"那只小猫头鹰看到托马尔生气，大吃一惊，回答说，"我太紧张，弄得我的脑子和舌头都不听使唤了。我要是想伤害我的一个同类，我会自愿让出我在猫头鹰会议刚获得的这个无比珍贵的位置。我并不想对我们的英雄有任何不敬，他们已经做出了这么勇敢的努力。我只是想，一个更大、更威风的使团可能会使劝说更加有效。"

"说得好，"托马尔说，"我现在明白你的想法了，虽然我反对这样做，但我们必须让整个猫头鹰会议讨论这个计划。为了保障鸟国的未来，也许是时候采取更强有力的措施了……"

托马尔的声音突然轻下来，似乎被什么吸引了注意力。所有的脑袋一下子跟着他的视线转过去。波尔蒂雅看向天空，兴奋地吱吱叫。她身边的米奇跳上跳下，大叫着："是飞天舞！是飞天舞！"

天上的一个黑点儿很快能看清了，果然是一只燕子，正向林中空地飞来。所有的猫头鹰都屏住呼吸，好像意识到了她的到来会是一个重大事件。果然，飞天舞还没降落到他们中间，就已经在高声报告了：

"他们正往这里飞来！"

他们！——他们正向南飞，飞过一个古老的遗址，很久以前，鸟国的这个地方曾遭遇过自然灾害。一种恶性瘟疫被昆虫带到了这里的海岸。多亏了"大猫头鹰"的智慧和迅速行动，才阻止了瘟疫的蔓延，挽救了鸟国。现在似乎大自然又发威了，不过这一次是在羽翼国。飞天舞向猫头鹰会议讲述了那里发生的火灾事件，任何办法都无法阻止那场火灾席卷那里的乡野，所有的房屋都被烧毁了。

人类似乎已经放弃了那里的乡村。他们在大火会烧到的城市外面，掘起了壕沟，砍光了大片树木。这样一来，导致了千百万鸟兽失去家园。不过鸟还能飞，他们就飞走了。熊熊烈火逼迫着他们四散逃跑，到最后别无选择时，只好放弃了他们的家乡。

托马尔和波尔蒂雅坐在一棵长满树瘤的树上，看着他们的到来。整个地平线，从这边到那边，极目望去，黑压压的一片。这片黑云越来越近，遮住了太阳，把鸟国投入了黄昏般的时空。那是一种不可思议的昏暗。大批的鸟还在更远的地方，可猫头鹰的敏锐视力已经能分辨出一只只鸟的种类。鸟是那么多！能叫得出名字的每一种类的小鸟都有，他们好像是响应他的祷告一样飞来的。托马尔微笑着看向波尔蒂雅，他的眼睛里含着泪水，一时间激动得说不出话来。

她点头表示明白他的意思了。"鸟国如今又完好如初了，我亲爱的朋友。我只希望叽哩克这时候能看到这般情景。"

老猫头鹰和旅鸫同时看向附近的一个地方，在那里，他们看到了那对小旅鸫。当无数只小鸟从他们头顶上空飞过时，小旅鸫们无比快活地又蹦又跳。托马尔意味深长地说：

"也许他就在这里，波尔蒂雅。也许叽哩克就在这里。"

尾　声

　　"爸爸!"小男孩激动地叫道,"我打到了一只!我打到了一只!"

　　"你吵嚷些什么啊?"他的爸爸问道。这时,男孩向爸爸奔来,手里提着一个很重的猎物。那是一只死喜鹊。

　　"我打到他了,爸爸。我真的打到他了!打死了,就那么一枪。我想就是这只该死的喜鹊弄伤了詹妮。我把他打死了!"

　　男孩把那只死喜鹊递给他爸爸看。尽管大部分羽毛沾着血,可一看就知道,这准是一只喜鹊。男孩提着鸟的两只爪子,鸟头毫无生气地软绵绵地垂下。男孩急急忙忙地赶到他爸爸这里来时,一路都把鸟头拖在地上,鸟头在地面上磕磕碰碰,发出乒乒乓乓的声音。爸爸把这只死喜鹊从男孩手里拿过来,仔细地查看。

　　"不对,孩子,不是那只。你看这里,这只有两只眼睛，虽然现在都没用了。那只坏东西只有一只眼睛，你记得吗？不过没关系。"

他的爸爸说着，手臂一挥，把这只死喜鹊扔上了高空。当这只死喜鹊在空中打转的时候，明亮的阳光照亮了他的身体，黑、白相间的羽毛泛着蓝色的光。最后，他落到林下灌木丛中去了。